LA SOUPE AUX CHOUX

RENÉ FALLET

LA SOUPE AUX CHOUX

roman

FRANCE LOISIRS
123, boulevard de Grenelle, Paris

Édition du Club France Loisirs, Paris,
avec l'autorisation des Éditions Denoël

19, rue de l'Université, Paris 7e

ISBN 2-7242-0802-1

A Fadhila Ouenes

Chapitre 1.

Au village, sans prétention, il n'y avait plus rien. Le four du boulanger s'était refroidi en même temps que le boulanger, qui ne cuisait plus ses couronnes qu'au cimetière. Car il y avait encore un grand cimetière, au village, s'il n'y avait plus de petit boulanger.

Le village était un village du Bourbonnais. Comme ce discret Bourbonnais ne s'était pas taillé dans l'histoire un nom de guerre à la façon de l'Alsace ou de la Lorraine, comme il ne connaissait pas, et pour cause, les marées noires, les marées basses de la Bretagne, comme il manquait de cormorans englués, on le situait mal sur la carte.

On le prenait, par exemple, pour la Bourgogne, tout comme on prit jadis le Pirée pour un homme et les pendentifs de ma tante pour ceux de mon oncle. D'ailleurs, hormis quelques contrées vedettes, il n'y avait plus de provinces. Il n'y avait même plus de départements. Ces anciennes terreurs des candidats au certificat d'études n'avaient pas résisté au progrès éteignant le monde. On leur avait distribué des dossards de coureurs cyclistes. Le Bourbonnais, devenu l'Allier en 1790 montre en main, s'appelait à présent 03. On ne naissait plus angevin, mais 49, parisien, mais 75, savoyard, mais 73, etc. On naissait en code, et puis on vivait en lanterne.

Au village, donc, il n'y avait plus rien. En vertu de quoi il ressemblait à des tas et des tas de villages pris au petit bonheur de tous les numérotages.

Il n'y avait plus de lavoir sur la Besbre, la rivière qui l'arrosait. Les battoirs s'étaient tus. En ville, les brocanteurs les exposaient dans leur vitrine. Les laveuses s'étaient tues de même, assises au coin de leur machine à laver. Désormais farouches et solitaires, elles n'écoutaient plus le gazouillis de l'eau mais celui de Radio-Luxembourg, tournaient sept fois et davantage une langue inutile dans une bouche superfétatoire. Il n'y avait plus pour elles ni de brouettes, ni de boules de bleu, ni d'ablettes au cœur des bulles de savon.

Il n'y avait plus, non plus, de curé. Le vieux n'avait pas été remplacé par un neuf. On ne voyait plus de soutane au hasard des chemins, et le mécréant dépité n'avait plus le loisir de gueuler « à bas la calotte! », puisque, aussi bien, il n'y avait plus de calotte. Certes, il demeurait encore un ecclésiastique affecté au chef-lieu de canton mais, appartenant à tous, il n'était en fait à personne. Pour le coup, le saint homme avait été aigrement surnommé par ses ouailles éparpillées « le prêtre-à-porter ». Mon Dieu oui – et que Dieu lui pardonne – déguisé en notaire, il s'en allait porter à toute allure la bonne parole de commune en commune, main bénisseuse et pied sur l'accélérateur, expédiant messes, extrêmes-onctions, mariages, enterrements au grand galop de tous ses cinq chevaux. Résultat, au village, on était absous avant même d'avoir eu le temps de pécher, ce qui retirait bien de l'agrément à l'affaire. En somme, il n'y avait plus de Bon Dieu. Ou guère. Ou si peu.

Il n'y avait plus de facteur à pied ou à bicyclette, qu'un préposé pressé en camionnette, plus anonyme qu'une lettre, et qui n'avait jamais une minute pour boire un canon.

Au village, en outre, il n'y avait plus d'idiot du village. Dès qu'ils manifestaient leurs talents, on les ramassait comme des petits-gris pour les enfermer à l'asile psychiatrique d'Yzeure. Ils y perdaient leur singularité, tout pittoresque, n'acquéraient pas pour si peu un poil d'intelligence moyenne, tombaient tout à fait fous, se périssaient d'ennui avant de périr pour de bon et sans aucun profit pour la collectivité alors qu'autrefois ils égayaient leur entourage, l'ennoblissaient par la simple vertu de leur présence. Idiots, ils permettaient à tous leurs imbéciles de concitoyens de se croire futés en diable. Sans idiot garanti, estampillé, on se regardait de travers, on se posait des questions superflues. En revanche, bien sûr, on avait la télévision. Mais ce n'était tout de même pas la même chose. Il y manquait tout ce menu je-ne-sais-quoi qui crée charmes et réflexions.

Il n'y avait plus de crottin sur les routes puisqu'il n'y avait plus de chevaux. Ni de charrettes, ni de maréchal-ferrant, ni de forge, ni de soufflet, ni d'abreuvoir, ni de fers porte-bonheur, ni de hennissements, ni de coups de sabots, ni de jurons, ni de claquements de fouet. Plus de fouet, plus de harnais, donc plus de bourrelier. Parti, le bourrelier. A l'usine, comme tout le monde, et il y en avait, du monde, à l'usine. Davantage que dans les champs, à cause des avantages sociaux.

C'était, à une quinzaine de kilomètres de là, une usine où les paysans qui avaient quitté la terre fabriquaient des tracteurs à l'usage des paysans qui étaient restés à la terre.

Ceux qui allaient encore aux champs ne chantaient plus les chansons de chez eux. S'ils se sentaient de belle humeur, ils emportaient le transistor pour entendre en toute saison *Petit Papa Noël* interprété par Tino Rossi ou *Yesterday* par les Beatles. Il n'était plus du tout besoin d'alouettes.

Les alouettes, d'abord, on les avait fusillées vu qu'il n'y avait plus ni perdrix ni lièvres, la faute aux engrais d'après les savants et les instituteurs, et qu'il fallait quand même amortir le prix des cartouches et du permis. Celui-là, on ne le reprendrait pas l'an prochain. A la place on participerait, le cul sur la chaise, au Tournoi des Cinq Nations. Penser, misère, que dans le temps on tuait tout ce qu'on voulait! Il n'y aurait bientôt plus de chasseurs au village, encore moins de ces gens pratiques qu'étaient les braconniers.

Déjà, on ne comptait plus guère de pêcheurs, hormis, l'été, quelques innocents de Parisiens bons, selon le parler local, « à prendre à la main ». Harnachés en explorateurs style Stanley et Livingstone, les pauvres vacanciers fourbus regagnaient à la nuit leurs tentes, déchirés par les barbelés, une ablette en sautoir. Car il y avait un terrain de camping, non loin d'une décharge un brin sauvage. Une idée saugrenue du maire, marchand de porcs, qui rêvait de relancer les activités du pays, de le remettre d'après lui dans les voies de l'expansion économique, voies dont il avait entendu causer sur les champs de foire bien informés. Mais le village n'était pas la Costa Brava et le camping ne rapportait pas l'herbage qu'on y gâchait.

Il n'y avait plus de batteuses depuis des années, dans les cours de fermes à jamais silencieuses. La municipalité avait châtré la fontaine publique, sur la place du bourg. Il était inutile de gaspiller une eau qui coulait à plus soif de tous les robinets, depuis les adductions. Plus de brocs, de seaux, ni de vie, ni de commères autour de la fontaine où même la mousse ne croissait plus. Tous les puits étaient à l'abandon, tous les puisatiers au rancart.

Le sabotier avait clos d'une croix de planches la porte de son échoppe qu'avait rendue caduque l'avènement des bottes de caoutchouc. Il n'avait pas fallu des heures aux curieux pour comprendre, à la vue du tailleur Zézé Burlot branché à un noyer, que ses affaires frisaient le néant depuis que ses voisins se vêtaient sans mesure dans les « Mammouth » tentaculaires des villes.

Tous les petits commerces et modestes professions du village s'étaient évanouis les uns après les autres. On n'entendait plus la corne du chiffonnier – le « pilleraud » – battre le rappel des guenilles, des peaux de lapin et des débarras de greniers. Les rétameurs, qu'on appelait, eux, « bejijis », avaient plié boutique depuis qu'on jetait par-dessus bord à leur tout premier trou les casseroles percées. C'était la même débâcle au sein des « roulants », ces frères hirsutes de Diloy le Chemineau. Sans doute pris en charge par la Sécurité sociale, ils ne hantaient plus un trimard de plus en plus fictif. Si les poules respiraient, les êtres secourables à leur prochain soupiraient, qui n'avaient plus de prochain sous la main.

Au village, on ne feuilletait plus avec amour le Catalogue de la Manu, le seul ouvrage, avec le missel, des bibliothèques de la France rurale. On avait des autos, au village, des autos pour se rendre à Vichy, à Moulins, voire à Paris. On s'y fournissait sans avoir à remplir des commandes compliquées. Alors, on s'en fichait, de la Manufacture des pères et des grands-pères. Pouvait crever, la bonne vieille Manu des vieux rêves sous la lampe. Avec elle, on enterrerait toute une civilisation anachronique traquée en tout lieu à l'instar des baleines.

Dans les prés, il n'y avait plus d'ânes. Ils n'étaient plus que des bouches inutiles, même pour les chardons. Adieu, « bourris ». Ils n'iraient plus, cahin-caha, porter le grain des humbles au moulin. Il n'y avait plus de moulin. Ses roues pourrissaient, tombaient en morceaux dans la Besbre. Il n'y avait plus d'humbles. Ils travaillaient tous à l'usine, là-bas, là-bas. Il n'y avait même plus d'indigents. Depuis la dernière guerre, les ultimes parias des bourgades étaient morts de faim sur leurs bons de pain et de bois et n'avaient pas eu de successeurs, cette position sociale paraissant dénuée de débouchés aux nouvelles générations.

Au village, s'il n'y avait plus de coiffeur, il y avait encore un châtelain et qui portait encore, insoucieux du temps qui s'écoulait, ses chaussettes de laine par-dessus le bas de la culotte de cheval. S'il avait troqué le tilbury pour la Mercedes, on ne l'en appelait pas moins toujours – même les rouges – Monsieur Raymond comme devant et gros comme le bras. Vivant avec sa fin de siècle, il ne faisait plus suer le burnous bourbonnais, qui en vaut bien d'autres, qu'avec une discrétion ignorée de ses ancêtres. A la page et moderne, il battait de ses propres mains l'eau des douves de son château pour en éloigner les grenouilles. Monsieur Raymond n'était pas fier.

Les moutons paissaient en nombre croissant sur les terres. Les ouvriers-paysans en possédaient tous quelques-uns, les comptaient avant de s'endormir. Les paysans en liberté provisoire prétendaient qu'il s'agissait là d'un élevage pour fainéants et que le mouton s'accommodait au mieux des trois-huit et des congés payés.

On eût volontiers discuté de ces problèmes agrestes autour d'une chopine et d'une table de bistrot, mais il n'y avait plus de bistrot, ce qui bouleversait la vie quotidienne de la commune. Ainsi les jours d'enterrement, lorsque l'église ouvrait par exception ses portes, les hommes ne savaient plus que faire de leurs dix doigts en attendant la sortie du corps, annoncée par les cloches. Jadis, ils patientaient au café avant d'aller rejoindre le chœur des pleureuses, buvaient un coup en chantant les louanges du défunt qui, certes, n'était pas exempt de critiques, mais n'en demeurait pas moins, le trépas aidant, le meilleur des hommes. Aujourd'hui, ils gelaient ou cuisaient au-dehors, et la dépouille mortelle, qui n'en pouvait mais, en prenait pour son grade, victime de la mauvaise humeur générale.

En cet endroit, il y avait pourtant eu, voilà peu, jusqu'à deux bistrots. Patrons et patronnes avaient coup sur coup pris leur retraite, les uns au cimetière, les autres dans un recoin du bourg où ils cultivaient leur jardinet. Personne n'avait pris leur suite, ces affaires familiales n'étant pas de celles qui permettent de narguer les émirs au baccara. Quoi qu'il en fût, un village sans débit de boissons n'était plus un village et ne pouvant consommer sur leur territoire, les habitants étaient contraints de se rendre au chef-lieu, à cinq bons kilomètres, s'ils éprouvaient l'envie bien naturelle de siffler une rafale de mominettes pour s'ouvrir l'appétit, reconstruire le monde agricole autour d'un tapis de belote, disparaître un instant de la vue de la « mère », comme ils nommaient leur femme.

Cette servitude les déprimait, leur semblait, et de loin, le plus grave des inconvénients que subissait l'évolution, paraît-il inéluctable, de leur milieu champêtre. Ils s'en fussent accommodés, de tous ces changements, sans ce coup de pied de l'âne dans leurs bouteilles. Au village comme au Sahel s'était installée la soif, phénomène étranger aux plus solides mémoires du cru. Des transformations, des chambardements qui s'étaient produits dans le pays depuis vingt ou trente ans, les jeunes se fichaient comme de leur premier blue-jean. Il leur aurait fallu une bonne guerre de 14, dont le palmarès flatteur à la Eddy Merckx s'étalait sur le monument surmonté d'un poilu, d'un coq et d'une paire d'obus, mais s'il n'y avait plus d'hiver, d'été, ni même de printemps, il y avait encore moins de guerre mondiale. C'était attristant, immoral, mais c'etait ainsi. Les jeunes vivaient donc, abusaient de leurs carcasses vierges de toute mitraille, les juchaient sur des motos pas même françaises qu'ils s'amusaient à faire pétarader sur les routes, quand ce n'était pas dans les labours.

Par la grâce de ces petits bandits, on ne jouait plus

jamais de valses ni de tangos à l'intérieur des parquets-salons. Les bals des petits voyous n'étaient plus que des apocalypses d'ultra-sons, des escalades de décibels qui rendaient fin brelots [1] tous ceux qui avaient l'infortune d'y passer cinq minutes. On n'y demandait plus la main des filles que pour la fourrer dans la culotte des zouaves de la légende, vu qu'il n'y avait plus même de zouaves depuis la déliquescence des mœurs et la dégradation de la société.

Bref, le village en avait pris un sacré coup dans la pipe. Il n'avait plus guère d'illusions à nourrir. Il serait un jour rayé du cadastre et du globe. On le raserait, si nécessaire, pour édifier sur l'emplacement un hyper-supermarché, sous condition que l'idée en paraisse rentable à quelque promoteur. Pour le dire tout net et noir sur blanc, il n'y avait plus rien, au village, plus rien de rien. Ou plutôt si...

Il subsistait encore, vaille que vaille, au hameau des Gourdiflots, deux « exotiques » comme on les désignait, deux fossiles de la plus belle eau, deux pauvres *chtites* créatures de ce pauvre vieux Bon Dieu de Bon Dieu. Le premier de ces derniers des Mohicans, de ces fruits secs, tannés, confits dans le vin rouge, de ces insolites d'un autre temps rejetés par l'électronique et même par le moteur à explosion, le premier donc de ces deux druides de la chopine s'appelait Francis Chérasse, dit « Cicisse »,

1. Les mots « brelot » ou « bredignot » sont, en bourbonnais, des dérivés du mot « bredin » qui signifie *grosso modo* idiot de village, par extension : être de peu de malice. La première syllabe se prononce approximativement comme dans le mot « beurre ». *N.B :* on retrouvera fréquemment ces termes tout au long de cet ouvrage, sous leur forme soit de substantif soit d'adjectif. *(N. d. l'A.)*

dit « Le Bombé » vu qu'il était un tout petit chouilla bossu sur les bords et aux entournures. Le second, c'était Claude Ratinier, « Le Glaude », comme on prononçait par chez-lui. Un chez-lui qui tombait d'après lui quelque peu en couille, il voulait dire en quenouille.

Chapitre 2.

Autrefois, les Gourdiflots étaient un hameau d'une vingtaine de feux, à sept, huit cents mètres du bourg. Aujourd'hui, c'était un hameau de dix-huit installations de chauffage central et de seulement deux feux de vrai feu, celui du Bombé, un vieux poêle Godin, et celui du Glaude, lequel tisonnait toujours sa cuisinière de fonte noire.

Proches l'une de l'autre au fond d'un chemin creux où sautaient des crapauds, leurs maisons à carcasse de bois étaient les plus anciennes et les plus vétustes du village. On assurait qu'elles s'écrouleraient un de ces quatre matins sur la paillasse de leurs occupants, qui n'en avaient d'ailleurs guère souci, ne songeaient qu'à boire et manger, boire surtout d'après les mauvaises langues qui, en l'occurrence, avaient le ragot indulgent. Le Glaude et Cicisse auraient répliqué, non sans raison, qu'il leur était plus simple de déboucher un litre que de confectionner un vol-au-vent financière, que, de toute façon, ils n'avaient cure du vol-au-vent financière, que, de plus, le canon de rouge étant l'ultime joie de leurs vies finissantes, il eût été absurde de se refuser ladite félicité avant de sauter le pas.

Le Bombé avait été puisatier, le Glaude sabotier. Ces métiers à présent périmés ne les avaient pas enrichis. A soixante-dix ans, Chérasse et Ratinier ne vivotaient que par la grâce de la retraite des vieux travailleurs, améliorant toutefois cette manne par la culture de leur jardin et l'élevage de quelques poules et lapins.

Le Glaude avait perdu sa femme, la Francine, voilà déjà dix ans. Il en avait eu deux garçons qu'il n'avait plus revus depuis le trépas de leur mère. Ils habitaient la banlieue parisienne, trimaient dans des usines de plastique ou de quelque denrée de même acabit, possédaient chacun une auto.

Chérasse ne s'était pas marié. Dans sa jeunesse, les filles n'épousaient pas les bossus, même si leur bosse n'était pas trop criarde et pouvait tenir lieu de porte-bonheur au même titre qu'un trèfle à quatre feuilles. Chérasse était donc demeuré célibataire, un de ces oubliés de l'amour qu'on surnommait, dans la contrée « les vieux Gégène ». Il s'en était consolé en apprenant à jouer de l'accordéon, instrument dont il estimait les sons plus mélodieux que ceux de la voix de la femme en furie. Pour améliorer ses revenus de puisatier, il avait beaucoup trillé dans les bals, aux temps lointains où la musique n'était pas électrique comme les cuisinières. Ça oui, ç'avait été quelqu'un, le Bombé, pour chatouiller sous les pieds la *Valse brune* et caresser dans le sens du poil *Le Plus Beau de tous les tangos du monde*. Il n'avait pas été soldat et, en 39, la patrie, quoique en danger, l'avait laissé au fond de ses puits. On n'avait pas besoin de bosse pour égayer les ossuaires.

Le Glaude, lui, avait été fait prisonnier, avait vécu cinq ans derrière les barbelés, expérience dont il avait tiré quelques solides notions de philosophie. Ainsi, dans son stalag, il s'était dit qu'avant la guerre il n'avait pas assez bu de vin à table. Libéré, il avait réparé cette lacune et se passait même de table.

Malgré ou grâce à leur régime de bec salé, les deux voisins se portaient comme les veaux dans les prés et ne connaissaient que de vue le docteur de Jaligny, pour l'avoir rencontré au marché de cet aimable chef-lieu de canton. S'ils ressentaient parfois une aigreur d'estomac, ils s'accordaient pour en accuser la qualité du pain, qui n'était plus celle qu'ils avaient connue. Ils s'étaient de même entendus pour serrer dans leur cave voûtée un tonneau de vin différent, ce qui variait leur menu et leur permettait de froncer malignement un sourcil pour qu'en tiquât des deux le propriétaire du nanan. Le Glaude se fournissait auprès du marchand de vins de Vaumas, le Bombé honorait de sa pratique celui de Sorbier.

Comme ils ne tenaient pas à « vivre comme des bêtes » et désiraient se tenir au courant des moindres fluctuations du vaste monde qui les portait, ils lisaient le journal. Le Glaude s'abonnait pour un an à *La Montagne*. L'année suivante, le Bombé s'acquittait de l'opération. Lecture faite, l'un livrait le quotidien à l'autre, et ce rite immuable autorisait l'arrivée de deux verres sur la toile cirée, arrivée ponctuée par un « ça peut pas faire de mal » tout aussi opiniâtre.

Ce journal en commun constituant une économie, les deux vieux étendirent le système au cochon. Ils l'achetèrent en société et le nourrirent de même. Un demi-cochon au saloir suffisait à leurs besoins. Les années paires, le porc s'élevait chez Ratinier, les impaires chez Cicisse. Tous deux savaient qu'un jour l'une des parties serait mise dans l'embarras par le décès de l'autre, qu'elle se retrouverait avec un goret entier sur les bras, mais ils ne s'attardaient pas autour d'une idée si sombre qu'elle en eût voilé leur teint d'églantine.

Parfaitement, d'églantine. Le Glaude ne ressemblait-il pas, moustaches et port compris, à un maréchal Pétain rose bonbon? Le Bombé à un nain de Blanche-Neige qui aurait toutefois un peu profité? Des vétilleux auraient peut-être décelé sur leurs visages et leurs nez quelques résilles de couperose, mais c'était là chercher une petite bête qui ne devait ses couleurs qu'au grand air. Chérasse et Ratinier n'avaient respiré ni dans les mines ni dans les métros. Leur porc ne consommait que du son, des betteraves, des pommes de terre, leurs poules et leurs lapins ignoraient tout des farines de têtes de sardines, des granulés punais et autres poudres de perlimpinpin industriel. Les légumes de leur jardin ne croissaient et ne se multipliaient que sur le bon fumier de Job. Nos deux écologistes sans le savoir n'avaient d'ailleurs pas d'autre choix : les aliments et les engrais chimiques leur auraient coûté, sauf le respect qu'on doit aux dames, « la peau du cul ». Sans fortune, Ratinier et Chérasse étaient bien obligés de manger comme des riches.

Ils fumaient, sans soupçonner que des crabes cancérigènes étaient tapis au fond de leur paquet de gris. Ils roulaient leurs cigarettes, les allumaient avec des briquets qu'ils emplissaient de mélange pour vélomoteur. Dès qu'ils actionnaient la molette, ils s'empanachaient de flammèches et de papillons noirs qu'ils chassaient d'une main dédaigneuse. Le tabac non plus, ça ne pouvait pas faire de mal. Les vieilles ne fumaient pas et n'en mouraient pas moins, ça, c'était du sûr, c'était prouvé.

— Ma pauvre défunte, expliquait le Glaude, elle buvait point, elle fumait point, n'empêche qu'elle est en terre bien enfoncée. C'est toutes les pastilles, les sirops, les drogues du pharmacien qui me l'ont ratiboisée. Elle s'en est fourré des kilos dans le coco, de leurs denrées. Des pleines lessiveuses. Résultat : le pré carré!

Malgré leurs apparences bourrues, ils se souciaient fort de leurs santés respectives. La mort de l'un aurait signé celle de l'autre, le survivant étant assuré de périr de mélancolie dans les mois qui suivraient. On ne trinque pas tout seul. On boit sans amitié, sans rien, comme une vache, et ça, ça oui, c'est mauvais, si mauvais qu'il n'y a même pas plus mauvais au corps. Si le Bombé toussait, le Glaude s'alarmait :

— Ho! le père! Ça sonne pareil que dans un barriquaut vide! Faudrait voir à voir à y surveiller. Faut pas jouer avec la santé!

Chérasse crachait dans son mouchoir à carreaux, décidait qu'il n'y avait pas l'ombre d'un microbe pervers là-dedans, haussait les épaules, mouvement qui le déséquilibrait toujours un brin :

— Et toi, joue pas avec mes cuisses, vieille bricole! Si on peut plus tousser, ça sert à quoi d'avoir des poumons?

— La Francine aussi, elle a toussé. Même qu'elle n'a toussé qu'un seul été.

– T'y sais bien, pourquoi qu'elle a passé. A cause des médicaments. Depuis que c'est remboursé, ça a tué autant de monde qu'en 14. Ça nous a au moins appris qu'il faut pas s'en coller des pleins sacs dans le cornet. Elle est pas morte pour rien.

– N'empêche que ça te ronfle dans les intérieurs, que je te dis. On dirait que t'as avalé une Mobylette.

– T'occupe! Je vais me faire un lait de poule avec un bon verre de goutte dedans.

Si le Glaude rougissait, le Bombé pâlissait :

– Ho! le père! Tu serais-t-y pas dans les apoplexies, que tu deviens comme un drapeau de communiste?

– Ma foi non, vieux marteau! C'est les humeurs qui sortent toutes seules, c'est normal. Tu voudrais pas qu'elles restent sous le gilet.

– A ta place, j'irais chercher des sangsues dans un trou d'eau, et je me les collerais sur la couenne, y a pas meilleur.

– Si, y a meilleur. A ta place, je paierais un litre!

Ils buvaient le litre. Parfois pensif, ce qui peut arriver à n'importe quel chrétien, Chérasse se demandait tout seul, puis demandait à haute voix, prévenant :

– Dis donc, l'ancien, des fois je me pose la question que tu boirais pas de trop?

Ratinier s'essuyait les moustaches, rétorquait sur le même ton affable :

– Moi, la vieille, y en a une, en tout cas, que je me pose pas. T'es bredin cent pour cent, de A à Z, jusqu'au trognon, même que ça fait des années que ça dure et que c'est pas près de s'arrêter si tu continues de vivre.

Puis, sans transition, il s'empourprait, tonnait :

– Et puis d'abord ! Même ! Même que je boirais trop ! Qu'est-ce que tu fous, toi ? Tu me regardes ?

– Moi, c'est mes oignons, si je *mourre*. Mais je veux pas que tu *mourres*, toi. Qui que je deviendrais ?

– Ah bon ! C'est de l'égoïsme ! J'aime mieux ça. Alors, bois un peu moins toi-même. Entre nous, moi non plus ça m'intéresserait pas bien de me retrouver tout seul avec cette pauvre vieille carne de Bonnot.

Bonnot était le chat du Glaude, un sordide matou noir de campagne qui avait dû faire celle de Russie tant il était galeux, déplumé, pouilleux, dépenaillé. Vu de dos, c'était une arête de hareng ornée de pendeloques immodestes. De face, il s'agissait d'une tout autre paire, celle des oreilles, qu'il arborait déchiquetées mais en cornet de frites, en pavillon de gramophone pour mieux se garer des coups de pied, d'auto, de griffe ou de fusil.

Il avait douze, treize ans, avait connu la Francine, qui l'avait baptisé Bonnot dès qu'il avait eu l'âge de chiper un fromage. Au village, on avait tôt fait d'appeler Bonnot, par extension, tous les malhonnêtes, que l'on traitait aussi par euphémisme d'« habiles preneurs ». Bonnot le chat portait avec superbe son nom d'anarcho-cambrioleur et dormait sur les pieds de son maître, lequel d'ailleurs n'aurait jamais osé avouer ce sentimentalisme de citadin à quiconque. Devant le Bombé, Ratinier grommelait à la vue du chat :

– La mort a ben pas faim, ces temps. Crèvera jamais, cette charogne. Va tous nous enterrer !

Dès que Chérasse avait tourné sa bosse, le Glaude se penchait pour flatter l'animal. Chez le Glaude, en toute boîte de sardines, sommeillait un poisson pour son vieux compagnon.

Un triste jour, l'ancien sabotier repoussa d'une main qui ne tremblait pas le canon que lui tendait l'ancien puisatier. Celui-ci, ôtant celle qui pataugeait dans le verre, prit la mouche :

– C'est qu'une mouche ! Si t'as peur qu'elle te bouche le derrière, je vais te donner un autre verre mais, vrai, ce que tu deviens chichiteux sur le tard ! Bientôt, tu vas boire ta chopine avec une paille !

Le Glaude ne se dérida pas :

– C'est pas pour la mouche. Les mouches, ça serait même moins nuisible à avaler que le pinard, pour ce que j'ai.

– Et qu'est-ce que t'as de nouveau depuis hier ?

– Le diabète.

Le Bombé ouvrit des yeux d'oiseau de crépuscule :

– Comment que t'y as vu ?

– J'y ai vu ce matin dans *La Montagne*.

Le Bombé siffla le contenu de son verre pour mieux recouvrer ses esprits :

– Y parlaient de ton diabète dans *La Montagne ?*

Ratinier hocha la tête, las de s'entretenir avec un demeuré :

– Mais non, outil ! Ça en parlait qu'en général, dans un article, mais y avait du particulier pour moi dans ce général-là. Ça m'a fait repenser à ma tante Augustine, qu'avait du diabète dans tous les coins et qu'en est morte avec un œil en moins qu'on lui a enlevé, je sais pas pourquoi ni comment. S'il y avait qu'elle, ça serait pas trop grave, mais j'ai eu aussi un cousin germain, le Benoît Clou, qui y a eu droit lui aussi, au diabète. Il en avait autant qu'autant, même que ça te l'a balayé sans dire ouf. Un et un, chez moi, ça fait deux.

Le Bombé ricana, stupidement selon son vis-à-vis, et s'exclama :

– Confidence pour confidence, j'ai eu deux oncles qui sont morts en 14, et ça m'étonnerait que ça m'arrive !

Ce fut leur première fâcherie. Le Glaude s'accrochait à l'idée de son diabète et ne souffrait aucune plaisanterie sur le sujet. Ce fléau inédit le tint agité une semaine durant. Le malade ne se nourrissait plus que de haricots verts, buvait son café sans sucre et tortillait du cou pour avaler cette soupe à la grimace. Sa main se tendait, machinale, vers le litre de rouge, retombait de haut et regagnait, vaincue, sa poche.

– Faut plus que j'y touche, marmonnait le Glaude, qui ne se résignait pourtant pas à vider la bouteille dans la pierre d'évier. Il reprenait : C'est quand même drôle, que c'est plein de maladies, le douze degrés. Ça devrait donner que le phylloxéra, qu'est loin d'être mortel. Mais qu'est-ce que j'ai fait au Bon Dieu, bordel de merde, pour hériter du diabète, comme s'il y avait pas sur terre d'autres choléras où qu'on a au moins le droit de boire un coup sans s'esquinter tout le dedans !

Un matin, il prit sa bicyclette, un engin digne du musée du Cycle, bien décidé à aller consulter le docteur de Jaligny. Il ralentit sa course folle dès qu'il fut sur la route. Ce Gugusse allait lui refiler une pleine musette de pilules qui le feraient crever comme elles avaient occis la Francine. Il pédala un peu plus vite, fouaillé par un vague espoir. Le docteur lui permettrait peut-être un peu de vin...

– Vous avez droit à une chopine, monsieur Ratinier.

– Par repas?

– Ah non! Par jour. Que buviez-vous quotidiennement?

– J'y ai jamais bien compté... Cinq, six litres, comme le Bombé.

– Vous êtes fou! fulminerait le praticien. Vous êtes qu'un alcoolique, qu'un invertébré, qu'un sanguinaire! Vous aurez qu'une chopine!

Une chopine! Il pouvait se la mettre quelque part, sa chopine. Le Glaude avait mis pied à terre. A quoi bon rouler des dix kilomètres aller et retour pour se faire prendre ses sous, s'entendre engueuler à son âge comme un *chtit* gars, le tout pour une malheureuse chopine qu'on n'a même pas le temps d'y goûter qu'elle est basculée? Le cœur gros, Ratinier rebroussa chemin, le sabot n'attaquant plus la pédale qu'avec dégoût. Il n'aurait jamais dû lire *La Montagne*. On le savait, pourtant, que c'était que des menteries, dans les journaux, que des âneries de députés pour embêter le pauvre monde...

Assis sur son banc, devant sa porte, Chérasse jouait de l'accordéon en braillant *La Chanson des blés d'or*. L'animal, hilare, avait un verre plein à portée de la main. La joie de vivre du Bombé crucifia le valétudinaire qui l'apostropha sans aménité :

– C'est ça, fous-toi de moi, en plus, espèce de convexe! Tu pourrais au moins me laisser m'éteindre en paix, ivrogne! C'est même pas huit heures que t'es déjà chaud comme un marron, arsouille!

Comme on disait chez les savants qui se servent tout naturellement du mot *convexe,* le Bombé *assumait* depuis si longtemps sa *convexité* qu'il laissa l'insulte de côté, quitte à la relever plus tard Il jugea plus atroce de poursuivre à tue-tête :

Mignonne, quand le soir descendra sur la plaine,
Et que le rossignol viendra chanter encore,
Nous irons écouter la chanson des blés d'or!

Désespéré, jaloux, le Glaude s'enferma dans sa maison, se boucha les oreilles pour ne plus entendre l'effrayante voix de l'autre abominable qui devait en être, à vue de nez, à son dixième canon. Au-dehors, le ciel était tout bleu. Dans le pré, Bonnot s'amusait avec un mulot, plus sadique qu'une femme fatale jonglant avec un prof de maths. Au-dedans, tout était sombre, et la nuit descendait sur le Glaude.

Le lendemain dimanche, Ratinier demeura dans son lit, fermement résolu à la mort pour cause de diabète suraigu. Il l'attendrait tout le temps nécessaire, quinze jours, un mois s'il le fallait. Le Bombé ne se manifestait plus, qui devait cuver sa saloperie de vinasse, tout habillé sous son édredon rouge. Personne au monde ne viendrait secourir Ratinier, l'arracher au trépas. Une mouche bleue vrombissait dans l'unique pièce de la masure, heurtant parfois en un bruit sec le cadre où, sous un doigt de poussière, se devinait la photo de mariage des époux Ratinier.

A cette époque-là, la Francine avait juste vingt ans, riait, blonde et gracieuse dans sa robe blanche, et le Glaude arborait des moustaches frisées au fer aussi noires que son beau costume rangé aujourd'hui encore dans l'armoire, quasiment neuf, n'espérant plus que l'heure de la toilette funèbre pour quitter enfin ses boules de naphtaline.

Cette lugubre évocation rafraîchit l'agonisant. « Si je continue comme ça, songea-t-il, je vas passer pour de bon. » La mouche accourrait se poser sur ses yeux grands ouverts, y pondrait des tas d'œufs qui ne seraient sûrement pas à la coque. Après, viendraient les vers, des *gros pères* d'un blanc sale comme on en découvre en labourant sous les mottes. Le Glaude les sentit creuser leurs terriers gluants dans ses narines, dans sa bouche, et se leva d'un bond, épouvanté. Ce n'était pas si simple de se laisser mourir. A la réflexion, il ne mourrait pas, du moins pas aujourd'hui, qui était d'ailleurs, il s'en souvint tout à coup, le jour du seigneur, à savoir celui du Pernod. Le dimanche, le Glaude et le Bombé avaient pour accoutumée de boire l'apéritif chez celui qui détenait la bouteille, achetée selon leurs traditions à tour de rôle. Pour l'heure, elle se trouvait justement chez Chérasse, un Chérasse qui n'était pas encore sorti de chez lui, Ratinier s'en assura d'un regard au carreau. Il en fut impressionné car il n'était pas loin de midi. Ce pantin-là était peut-être raide sous sa couette, victime de ses abus, d'une « over-dose » comme disent les étrangers. Le Glaude avait raté sa mort, le Bombé l'aurait-il réussie ?

Inquiet, Ratinier ouvrit sa porte, s'en alla frapper à l'huis de son voisin.

– Qui que c'est ? fit la voix aigrelette de Chérasse.

Ratinier respira mieux. Ce petit nuage, là-bas, sur le chemin, n'était-ce pas la Faucheuse qui s'enfuyait, s'étant trompée de jour, sinon d'année ? Non, ce n'était qu'un gros lièvre importé de Tchécoslovaquie.

– C'est moi, cria le Glaude, qui que tu veux que ça soye ?

Les volets claquèrent, le Bombé en chemise apparut à sa fenêtre, rigolard :

– Mais c'est le diabétique ! Tu me causes donc, aujourd'hui, le diabétique ? Remarque, c'est vrai que t'as pas bonne mine. Huit jours de flotte, ça doit vous démolir un bonhomme comme s'il avait du paludisme.

– Faut bien dire, avoua l'autre, que j'ai un peu les jambes en manches de veste. Faut pas vieillir...

Cicisse trancha, sévère :

– On peut vieillir, mais pas comme un dément. Faut savoir ménager sa monture. Prends exemple sur moi !

Il fleurait si fort la futaille que le Glaude en fut tout chamboulé avant de balbutier :

– Je te demande pardon pour l'offense, hier. J'aurais pas dû te traiter de convexe.

Sur-le-champ, Chérasse redevint l'hypocrite que Ratinier connaissait par cœur, larmoya :

– On se moque des infirmes, mais on peut pas savoir ce qu'on deviendra un jour. Toi, avec ton diabète, tu vas peut-être perdre un œil, si c'est pas les deux. T'auras une canne blanche, tu te foutras dans les fossés comme les *chtits* gars qui tiennent pas la boisson, le soir de la fête patronale.

Il reprit, naturel cette fois :

– C'est pas tout ça, le père. Tu me retardes. L'heure, c'est l'heure, et c'est l'heure du perniflard. Je vais m'en enfiler une larmichette, si l'odeur te dérange pas dans ton régime.

Le puisatier Chérasse, au point de vue puits, n'était pas le plus mal chaussé des puisatiers. Il s'était construit le plus beau et le plus profond des puits du pays, avec une margelle en briques roses d'où jaillissaient des plantes vertes qu'on eût mangées en salade tant elles étaient fraîches et drues. Cicisse commenta, tout en remontant son seau avec des gestes d'amoureux :

– Mon eau, le Glaude, c'est la meilleure de tout le coin pour la soupe et le Pernod, sans me vanter. Il y a là-dessous une nappe phréatique comme y en a pas deux dans l'Allier. Quand je pense que t'as supprimé ton puits pour avoir l'eau du robinet, ça me sort de ma culotte à reculons !

– Tu sais bien que c'est la Francine qui la voulait, l'eau sur l'évier. J'avais beau lui en parler, de ta nappe frénétique, elle s'en battait l'œil, la mère. C'est canaille et compagnie, les bonnes femmes. Leur faut tout le confort moderne.

Tout en décrochant son seau, le Bombé gloussa, méprisant :

– Leur faut même l'égalité, maintenant, aux fumelles, à ce qu'on raconte. Y vont être mignons, les gamins, si elles se les fabriquent toutes seules à grands coups de seringue quelque part. Elles vont plus nous sortir que des rachitiques ou que des diabétiques, des monstres, quoi ! Des hippocampes comme on en trouve que dans les mares !

Ratinier accusa cette botte perfide, grimaça, s'enlaidit de plus belle à la vue de Chérasse installant sur son banc la bouteille d'anis escortée d'un seul verre. Cicisse saisit une casserole, puisa de l'eau dans le seau, le désigna à son vieux camarade :

– Tu peux boire le reste ! C'est bon pour ce que t'as.

Cette gentillesse débitée, il se servit un apéritif tassé ras bord, éleva jusqu'à ses yeux le breuvage doré, nimbé de gouttes glacées :

– Tu vois, le Glaude. Cette flotte est à une température de haute précision pour le Pernod. Au degré près. Dans tous leurs frigos, c'est trop froid, ça te tranche le ventre. Là, ça te coule dans les boyaux comme de la rosée du matin sur les feuilles. Regarde!

Le Glaude, vermillon de désir, regarda son tortionnaire tremper ses lèvres dans la boisson du diable, la devina humectant de délices toute la langue, puis le palais, puis la gorge, puis tout le total. Le Bombé claqua bruyamment du bec, s'exclama :

– Où que tu vas, le Glaude? T'es encore brouillé?

Ratinier était rentré en force dans la maison de Chérasse, en ressortait armé d'un verre, l'emplissait à la va-vite de Pernod et d'eau, le buvait sans respirer. Émerveillé, il s'assit pesamment sur le banc aux côtés de Cicisse et annonça sans transition :

– A mon avis, on va prendre un *chtit* bout d'averse avant la nuit.

– Ça se pourrait bien. Ça fera pas de mal aux jardins. Mais l'en faudrait pas de trop.

– Je crois pas que ça risque. Ça va seulement mouiller la terre.

– On se remet une giclée de lait de bouc, le Glaude? C'est que c'est pas bon de rester sur une jambe.

– Ma foi, Cicisse, je commençais à y penser. De l'eau comme t'en as une, c'est comme celle de Lourdes, c'est extra, pour les maladies.

Cette fois, ils trinquèrent avec gravité. Le Bombé s'épata contre le dossier du banc :

– On n'est pas malheureux, le Glaude!

– Y a pire que nous, Cicisse. Y en a qui sont tout tordus...

– Y en a qui voient plus clair... Qu'ont les artères qui se tiennent toutes droites comme des poils sur les bras, ou comme des spaghetti.

– Tu veux que je te dise, Cicisse?

– Dis-y.

– Le diabète, sûr qu'on peut s'en passer. C'est pas bien intéressant. Je serai plus jamais diabétique. Plus jamais, t'entends?

Les reins calés au banc, il glissa ses pouces sous ses larges bretelles bleues, soupira d'aise à son tour, les yeux au faîte d'un pommier surmonté d'une pie :

– T'avais raison, Cicisse, pour tout à l'heure : on n'est pas malheureux.

Chapitre 3.

Aux Gourdiflots, il n'y avait pas que des Bourbonnais pure souche mi-rouges mi-blancs, qui prétendaient s'approprier la terre des autres ou conserver la leur, comme partout. Il y avait aussi des Belges, des Wallons qui répondaient au nom de Van Slembroucke, ce qui prouve qu'il existe des croisements contre nature n'importe où, même en Belgique.

Ces Nordiques avaient acquis une grange en ruine dans l'espoir insensé de la retaper, d'y passer un jour leurs vacances. Les pauvres n'y pendraient pas de sitôt la crémaillère. Pâques, l'août et la Noël les voyaient débarquer, trimer après leurs murs branlants, leurs charpentes vérées comme on ne trimait qu'à Cayenne autrefois. Ils arrivaient gras, ne repartaient se reposer dans leur pays que plus secs que des corbeaux d'hiver. Du crépuscule du matin à celui du soir, on les entendait s'affairer autour de leur bétonnière, scier leurs planches, enfoncer leurs clous, claquer de la taloche, pousser des cris de gueuze lambic dès qu'ils s'écrasaient un doigt. Ils avaient eux-mêmes réparé leur puits, une de leurs petites filles s'y était noyée ou presque. Durant leurs saisons en enfer, les Van Slembroucke vivaient sous la tente et ne se nourrissaient que de racines. La grange, achetée une bouchée de frites, leur coûterait, une fois remise debout, le prix d'une maison neuve avec piscine.

Ces forcenés de la résidence secondaire intéressaient les habitants des Gourdiflots. Les soirs d'été, on se rendait en promenade jusqu'à la grange pour saouler de conseils contradictoires les malheureux propriétaires. En leur qualité d'alliés, de descendants de la vaillante petite armée belge et du Roi-Chevalier, les Van Slembroucke étaient bien vus, bien notés par les indigènes. C'était des gens comme vous et moi. Des travailleurs, on ne pouvait pas dire le contraire. Si tous les Français étaient comme eux, on n'en serait pas là. De plus, des étrangers qu'on comprenait causer, qui disaient à peine « s'il vous plaît » pour « merci », c'était des étrangers pour rire, des victimes innocentes de la géographie, des gens qui auraient mérité d'être de chez nous. Certes, ils avaient peur des vaches, qu'ils prenaient toutes pour des taureaux, mais pas davantage que les Parisiens.

En été, on leur apportait de toutes parts des paniers de haricots verts, vu qu'il y en avait tellement qu'on ne savait à qui les offrir. Pour ne froisser personne, les Van Slembroucke mangeaient le tout, dépérissaient sur leurs échafaudages. Leurs travaux duraient depuis trois ans sans résultat notable quand, un matin d'avril, le Glaude dit au Bombé :

– Les Belges doivent être là. En allant au lit, j'ai entendu passer leur auto.

– C'est Pâques, ils viennent faire les bagnards. Moi, je dis qu'en voilà des, s'ils aiment la misère, y sont pas malheureux. C'est comme si je me mettais à réparer mon toit ! A la place des tuiles qui manquaient, j'ai attaché avec du fil de fer un couvercle de lessiveuse, ça tient solide.

– Le jour où t'auras que des couvercles de lessiveuse sur ton pignon, ça fera quand même pas bien joli...

La moue du Bombé signifia qu'il se souciait de la joliesse de sa demeure comme de la sienne propre. Le Glaude se coiffa de sa casquette :

– Les Belges, je vais aller leur dire bonjour, qu'ils aillent pas raconter chez eux que les Français c'est que des sauvages et compagnie. Faut être poli avec le monde.

Demeuré seul, Chérasse savait pertinemment qu'il lui faudrait vaquer au jardin à des tâches qui pouvaient attendre. Il ramassa son chapeau :

– Je t'accompagne, ça me dégourdira les os.

Ils s'engagèrent sur le chemin en claquant des quatre sabots. Quand il avait pris sa retraite, le Glaude avait transporté son stock d'invendus aux Gourdiflots. Lui et le Bombé étaient de la sorte chaussés pour la vie, se fût-elle avérée longuette. Il n'y avait plus qu'eux deux sur toute la commune à porter des sabots de bois en toute saison. On les entendait venir du plus loin sur les routes. « Fermez la porte de la cave, rigolait-on, voilà les Polonais ! – Serrez vos filles, plaisantait-on, voilà les boucs ! – Attention, criait-on d'un champ à l'autre, les Indiens sont sur le sentier de la guerre ! »

Ils passèrent devant le pré où le Jean-Marie Rubiaux plantait des piquets de clôture, assisté par son fils Antoine.

– Salut bien, Jean-Marie, fit Chérasse tandis que le Glaude regardait ostensiblement de l'autre côté.

– Salut bien, Cicisse, répondit l'interpellé.

A quelques pas de là, le Bombé interrogea son compagnon :

– Pourquoi déjà, le Glaude, que tu lui parles plus, au Jean-Marie ?

– J'y ai oublié, depuis le temps. Tout ce qu'on sait, c'est qu'on se cause pas, ça nous suffit bien à tous les deux. Ça te changerait quelque chose, à toi, de lui causer ou pas ?

– Ma foi non, admit Chérasse, qui réfléchit avant de reprendre : N'empêche que si on causait à personne... Tiens, si on se causait pas, toi et moi...

– Nous, c'est pas pareil. Ça nous manquerait, vu qu'on est proches voisins.

Le Bombé réfléchit encore, murmura :

– Y a de ça. C'est pas pareil. Et puis, y a un cochon entre nous.

– Voilà ! approuva Ratinier.

Dans leur dos, Jean-Marie et Antoine s'étaient accordé une minute de répit.

– Ça fait quand même pitié, ces deux pauvres misérables, fit le père en un soupir.

– Pourquoi donc ? Y sont encore bien vifs.

– Jusqu'au jour où la vermine va leur tomber dessus ! Quand y a pas de femme dans une maison, ça fait rien de propre que des chemises sales. Y mangent quoi ?

De la soupe, du lard, jamais un bifteck, et y boivent jusqu'à rouler par terre, qu'une bonne fois y se relèveront pas. Sans compter que le Glaude, il est méchant comme la gale.

– Au fait, pourquoi tu lui causes pas ?

Jean-Marie s'épongea longuement la nuque, puis grommela :

– C'est entre nous.

Un peu plus loin, le Glaude et le Bombé croisèrent l'Amélie Poulangeard qui, en tant que bredine patentée du hameau, ne touchait pas une bille et frisottait du plafonnier. L'innocuité de ses divagations permettait à ses deux fils de la conserver à la maison. Bien qu'elle allumât chaque matin le chauffage central à l'aide d'une torche électrique, elle parvenait tant bien que mal à éplucher les légumes et à tremper la soupe. Quand elle s'efforçait d'écailler le chien, celui-ci s'y opposait et tout rentrait dans l'ordre.

Amélie était vêtue de noir à la façon des vieilles Bourbonnaises, costume régional qu'elle égayait fâcheusement d'une capeline rose pêchée dans une malle. Elle leva les bras au ciel à la vue de ce qu'elle prenait pour deux jeunes conscrits plutôt gaillards de leur personne.

– Faut bien qu'on tombe sur l'autre extravagante, geignit le Glaude. Des engins pareils, ça serait-y pas mieux harnaché d'une camisole ?

– Mon Glaude, couinait-elle déjà, mon chtit Glaude ! Viens là que je te bise !

Le Glaude outré l'écartait des deux bras :

– Ça, vieille, tu me biseras pas !

Il ajoutait, se tapant inélégamment sur les fesses :

– Si tu veux biser de la viande, t'as qu'à biser celle-là!

L'innocente pouffa, deux doigts dans le nez :

– Tu seras bien toujours aussi canaille, mon chtit Glaude! Quand est-ce que tu prendras un petit peu de raison? Marche, à l'armée, ils te dresseront!

– C'est ça, l'Amélie, c'est ça. J'y pars dans deux mois.

Confuse, elle piailla :

– Mais je te demande pas de nouvelles de la Francine! Comment donc qu'elle va, la jolie?

– Très bien, très bien.

– Tant mieux, tant mieux! Tu lui diras que j'irai la voir demain avec un bout de tarte pour ses vingt ans.

– J'y manquerai pas.

Ils pressèrent le pas, et la poussive Amélie dut lâcher ses proies. Pour se consoler de cette perte, elle retroussa ses cotillons et se prit à exécuter quelques figures de polka qui mirent sur l'aile deux corbeaux éberlués.

Depuis l'aube, les Van Slembroucke gâchaient plâtre, ciment, mortier, s'affairaient autour de leur grange ainsi que des fourmis dans un pot de confitures. Perché sur une échelle, Van Slembroucke père alerta sa femme, ses deux garçons de quinze et quatorze ans, ses deux filles de dix et douze :

– Voilà M. Ratinier et M. Chérasse qui viennent nous voir! Soyez aimables avec eux, qu'ils n'aillent pas dire que les Belges ne sont que des sauvages. Et ne leur parlez pas du Paris-Roubaix que nous gagnons chaque année, les Français sont chauvins, et cela leur ferait de la peine.

Après les bienvenues et les salutations d'usage, le Glaude et Cicisse s'assirent, essoufflés, sur deux des pliants que leurs hôtes offraient aux visiteurs, admirateurs et critiques de leurs travaux. La plus jeune des fillettes leur apporta bientôt deux verres de rouge. On connaissait l'aversion de ces vieux paysans du Centre pour la bière, fût-elle des trappistes, qui n'était selon eux que du « pissat de bourri ».

– T'es bien gentille, ma petite fille, remercia le Glaude qui s'enquit, par pure politesse car il s'en fichait, de ce qu'elle ferait quand elle serait grande.

Elle les considéra durement, tenant en vrac tous les Français pour responsables de son infortune :

– Je prendrai des vacances, depuis le temps que j'en ai pas eu à cause de cette putain de baraque de merde. J'irai à la mer, à la montagne, partout où il n'y a pas de cette saloperie de campagne !

– Tes parents seraient pas ben contents de t'écouter, hasarda le Bombé.

– Mes parents, c'est des cons, grinça le petit ange blond avant de s'éloigner, appelée par sa mère qui avait besoin d'elle pour traîner un sac de chaux.

– Elle est pas tellement bien élevée, cette ostrogothe, apprécia le Glaude.

Le Bombé surenchérit :

– L'est même pas du tout ! L'aurait pu nous laisser le litre, ça se fait, en société.

Malgré cette réserve, ils ne se lassaient pas de regarder s'échiner les Belges.

– Moi, c'est pas comme ça que je pratiquerais, disait l'un en voyant les garçons suer pour dresser une poutre.

– C'est pas en buvant ce qu'ils boivent, rétorquait l'autre, qu'ils peuvent avoir de la force.

Le Glaude plongea un œil mélancolique dans son verre vide :

– Tiens, ça me fatigue de les voir faire. On devient fainéants, en vieillissant.

– Mon gars, on en a fait notre part. Toi et moi, de dix à soixante-cinq, on s'est crevé la paillasse comme des bœufs de labour, par tous les temps. Encore, toi, t'étais abrité pour tailler tes galoches. Moi, des jours, j'étais dans la flotte jusqu'aux enjoliveurs, à me préparer les rhumatismes qui m'agacent maintenant.

– Je dis pas non, mais ton boulot c'était pas un travail d'artiste. Les tarières, la talonnière et le reste, fallait s'en servir comme d'une jeune mariée pour sortir quatre paires de sabots par jour sans aide de machine. Toi, t'avais pas besoin de tête, ni de doigts de pianiste, pour creuser tes trous.

Courroucé, le Bombé se dressa, renversant son pliant

– Qu'est-ce que tu me les brises avec tes artistes, vieux bon à rien ! Dis tout de suite qu'on n'était que des manœuvres, dans la puisaterie ! Pourquoi pas des Arabes ?

– Parfaitement que je le dis, brailla le Glaude, fichant en l'air à son tour son pliant. Vous étiez que des goujats, que des sacs-à-vin !

– J'étais un sac-à-vin ?

– Un ivrogne !

– J'étais un ivrogne ? Répètes-y voir !

– T'étais qu'un soûlaud alcoolique ! Même qu'on racontait que tu cachais du pinard dans ta bosse, comme les chameaux !

– Vieille charogne, voilà ce que j'en fais, de tes sabots de merde ! J'aime mieux marcher sur les chaussettes !

Un sabot ronfla aux oreilles du Glaude qui s'empara d'une pelle pour écraser l'attaquant.

– Papa! hurla un fils Van Slembroucke, les Français se battent entre eux!

Le père dégringola de son échelle pour mettre un terme à cette ébauche de guerre civile. Les coqs gaulois opéraient de menaçants mouvements tournants, prêts à se déchirer de leurs ergots. Un cri les calma tout net, poussé par une des filles, au bout du chemin :

– Les Allemands! Les Allemands!

Une caravane gris métallisé passait avec lenteur, et tous purent voir sur son arrière, au-dessus d'une plaque d'immatriculation qui n'était pas d'ici, la lettre D révélant sa nationalité.

Van Slembroucke morigéna son enfant :

– Tu nous as fait peur, Marieke. On ne crie pas : « Les Allemands! Les Allemands! », ça rappelle de mauvais souvenirs à tout le monde. On dit : *des* Allemands. Comme on dit *des* Japonais, *des* Américains.

– N'empêche, fit le Bombé en rechaussant posément ses sabots, que je me demande ce qu'ils viennent trafiquer par là, ces fridolins. Qui que t'en dis, mon vieux Glaude, toi qu'ils ont martyrisé pendant cinq ans?

– Y sont peut-être perdus.

– Alors, conclut Chérasse, c'est pas une grosse perte.

Riquet, douze ans, le fils d'Antoine Rubiaux, rentra chez lui en courant. Sa mère et sa grand-mère étaient au marché à Jaligny. Il n'y avait dans la salle commune meublée en plastique bleu ciel que ses arrière-grands-parents, la Marguerite et le Blaise. Le père Blaise, quatre-vingt-cinq ans, le bonnet de nuit à pompon sur la tête, gisait là du matin au soir sur une chaise longue, drapé dans des couvertures, fumant des pipes et buvant des tisanes qu'on lui aromatisait de goutte de prune puisqu'il ne pouvait soi-disant les digérer autrement. Il avait bien fallu céder aux caprices de l'ancêtre. Quoique à demi paralysé, il était encore fort capable de se traîner sur le carrelage pour aller empoigner la bouteille dans le buffet.

Riquet hors d'haleine se planta devant ses aïeux en balbutiant ces mots, apparemment peu appropriés, mais conformes au parler local :

– Ben mes loulous !... Ben mes cadets !...

Durs de l'oreille, les « cadets » la tendirent.

– Qu'est-ce qu'y t'arrive, mon chtit gars, s'inquiéta la Marguerite, t'as pas été mordu par un *vrepi?*

Du geste, le gosse indiqua qu'il n'avait pas rencontré de vipère, puis s'expliqua volubile :

– J'étais sur le chemin des Arcandiers, en train de jouer au docteur avec la Suzanne Pelletier, même qu'elle était en train de gagner un stéthoscope, quand y a une caravane qui s'est arrêtée devant nous pour nous demander où qu'étaient les Vieilles Étables. C'était un gros bonhomme tout rouge de cheveux qui conduisait. Il y était déjà venu pour les acheter devant le notaire, mais il les retrouvait plus. J'y ai montré la route.

– Et alors ? bougonna le Blaise après s'être enfourné dans la bouche le râtelier qui, dans un verre à portée de sa main, jouait les poissons de celluloïd. Y a pas de quoi courir pour attraper un chaud-refroidi.

Ce fut là que le jeune Riquet triompha :

– Ah ! y a pas de quoi ! Tu vas y voir, si y a pas de quoi ! Tu sais ce qu'il est, le gros bonhomme rouge, et sa bonne femme, et leurs enfants ? C'est des Allemands ! C'est marqué sur leur caravane et ils ont un drôle d'accent comme s'ils avaient une patate entre les dents.

– Des Allemands? Des boches? bredouilla le Blaise en se dressant sur son séant, des pruscos?

– Apaise-toi, mon Blaise, intervint la Marguerite.

– Parfaitement, mon pépé. Même qu'ils iront en vacances dans les Vieilles Étables, vu qu'ils vont les faire retaper, à ce qu'ils m'ont dit.

Le bouc de l'arrière-grand-père se mit à l'horizontale, ses yeux se changèrent en bouches de 75 et il rugit, livide de son côté paralysé, écarlate de l'autre :

– Cré bon Dieu, des boches par chez moi! Des boches aux Gourdiflots! Moi que je les ai exterminés jusqu'au dernier à Verdun, les v'là qu'auraient ben le culot de venir se pointer des plus de soixante ans après pour me chatouiller les ornements sur mon terrain? Je voudrais encore bien voir ça! Aux armes, caporal Rubiaux! Passeront pas, mon capitaine! Je m'en vas y aller en colonne par un, moi, pour les déloger de là, ces rats d'égout!

– Mais c'est plus de ton âge, mon Blaise! gémit sa femme en se tordant les mains. Tu vas encore avoir de la tension plein le corps!

Il avait rejeté ses couvertures et, en caleçon long et en gilet de flanelle, sautait sur le carreau, clopinait vers l'escalier qui menait au sous-sol.

– M'en fous, de ta tension! Rubiaux fera son devoir jusqu'au bout! Y a pas d'âge pour mourir en héros! Pas d'heure pour les braves! C'est pour la France! Le temps de décrocher le 12, et on va te leur envoyer de la fumée, à ces batraciens!

La Marguerite tenta de l'intercepter, reçut une calotte qui l'envoya s'aplatir contre la cloison.

– Arrière, les civils ! Venez pas encombrer la Voie Sacrée !

Enchanté par les catastrophes qu'il venait de provoquer en chaîne ininterrompue, Riquet suivit le vétéran, un peu estomaqué malgré tout par l'agilité qu'il déployait dans sa fureur, lui qui prétendait hier encore ne pas pouvoir couper tout seul son escalope.

– Tu vas y voir, mon garçon, fulminait l'indomptable en se coiffant de son casque bleu horizon de la guerre de 14 qui pendait à un clou et en ceignant la cartouchière de son petit-fils Antoine à même son caleçon long, tu vas y voir, ce que c'est qu'un médaillé militaire avec palmes, qu'un ancien des Éparges, qu'un rescapé de l'Homme-Mort ! Moi vivant, mort aux boches !

– T'as raison, mon pépé, jubila Riquet qu'enthousiasmait la suite des opérations, faut en faire que de la viande de boucherie !

– Ça, z'auront du boudin ! L'auront voulu ! Attrape-moi ce lebel !

Empressé, le gamin lui tendit le fusil de chasse de son père. L'ancien combattant l'ouvrit, y introduisit deux cartouches, referma d'un coup sec la culasse, partit en boitillant sur un chemin frère de celui des Dames (Aisne).

Karl Schopenhauer, ingénieur à Stuttgart, étendait les bras, englobant toutes les Vieilles Étables en un geste de conquérant :

– Et voilà ! Notre domaine ! La rivière est de l'autre côté de ce champ ! Vue superbe ! Change favorable !

Son grand fils Frantz et sa fille Bertha escaladaient déjà les ruines pour faire le tour du propriétaire.

– Il y a beaucoup de travail pour remettre tout ça en état, objecta Frida Schopenhauer, moins lyrique que son époux.

Le rouquin exposa :

– Dix mille marks avec un hectare de pré, c'est une affaire, ma chérie. On ne peut pas avoir la Lorraine pour ce prix-là, il faut être raisonnables. Par là-bas, il y a des Belges qui réparent une grange pour leurs congés. Des pauvres. Ils font tout de leurs mains. Nous, on pourra se payer tous les ouvriers français, depuis qu'ils ont gagné la guerre !

Cette pensée le fit se tordre de rire. Il hoqueta :

– Champagne, ma Frida, champagne ! Avec le cours, c'est pas cher, on pourra en boire tous les jours pendant les vacances !

Obéissante, Frida Schopenhauer ouvrit les portes de la caravane, déplia une table de camping, sortit une bouteille de la glacière pendant que son mari cherchait des coupes en criant :

– Bertha ! Frantz ! Venez ! Ça s'arrose ! On va boire à la France ! Pas à la France sous la botte ! A la France sous l'espadrille !

Blaise Rubiaux rampait dans un champ de luzerne en direction du bivouac ennemi.

– Ça, vieux, gronda-t-il en prêtant l'oreille, le gosse s'est pas trompé ! Cette voix-là, c'est du boche pur porc, tel qu'on y entendait causer dans les tranchées. Cause, mon lapin, cause, tu vas pas tarder à causer au Kaiser, vu que tu vas aller le retrouver, et le Kronprinz avec !

Il reprit haleine, car il rampait quand même moins vite qu'en 1917. A cinquante mètres de lui, le bouchon de champagne explosa.

– Les fumiers, maugréa le patriarche, ils nous ont déjà repérés, les amis !

Ragaillardi, guilleret, bavant d'aise sur son bouc, le poilu serra la crosse du fusil contre son épaule, visa les ombres qui s'agitaient autour de la caravane, appuya sur la détente. La détonation l'emplit de ce bonheur monstrueux qu'il pensait à jamais disparu dans la nuit de sa jeunesse.

Alors qu'il la levait, la coupe de Karl Schopenhauer éclata en poussière. Par bonheur, la famille était à peu près à l'abri de son véhicule, que cingla avec bruit la rafale de plombs qui, par chance encore, n'étaient que du numéro 10, Antoine Rubiaux ne chassant plus guère que le gai rossignol et le merle moqueur.

– *Mein Gott!* piaula Frida, on nous tire dessus !

– Sakrament ! fit Schopenhauer, c'est un chasseur qui ne nous a pas vus !

Il brailla en français :

– Monsieur le chazeur ! *Achtung!* Attention ! Il y a tu monte ! On n'est bas des pertrix !

Il n'obtint pour toute réponse qu'un second coup de feu. Cette fois, les Allemands s'égaillèrent, coururent se tapir dans les décombres des Vieilles Étables.

– Les cochons ! rouspéta le Blaise en progressant sur les coudes, z'ont pas changé ! Toujours aussi lâches ! Ça viole les bonnes femmes, ça coupe les mains aux chtits gars, mais ça se carapate devant les hommes !

Mot qu'il prononçait « hoummes », comme tout Bourbonnais bourbonnant. Le forcené rechargea son calibre 12, fit encore feu par deux fois.

– Au zegours ! Au zegours ! hurlèrent les Allemands à pleins poumons.

Tous les Van Slembroucke se tournèrent, interdits, vers le Glaude et Cicisse :

– Vous avez entendu, balbutia le père, on appelle au secours et on tire des coups de fusil ! Il est de notre devoir de nous rendre sur les lieux du crime, car c'est sûrement un crime.

– J'y comprends ben rien, marmonna le Glaude stupéfait, y a jamais eu d'assassins par chez nous.

– Il suffit d'une fois, monsieur Ratinier. Allons-y tous ensemble.

Les autochtones emboîtèrent le pas aux Belges, rejoignirent au bout du chemin les deux Rubiaux et l'Amélie Poulangeard qui se hâtaient comme eux vers les Vieilles Étables. A la course, Riquet venait à leur rencontre, criait :

– Papa ! Papa ! C'est le pépé !

Antoine Rubiaux pâlit :

– Le pépé ? Qu'est-ce qu'il fait, le pépé ? Il tire sur la mémée ?

– Non. Il a pris son casque et ton fusil pour aller tuer les Allemands.

– Les Allemands ? fit Jean-Marie ahuri, quels Allemands ? Y a longtemps qu'y en a plus.

– Quand y en a plus, y en a encore, faut croire, dit le Bombé pour dire quelque chose.

Pendant que Riquet expliquait la situation en quelques mots, Amélie Poulangeard battait des mains en roucoulant, ravie :

Les boches, les boches, c'est des guignols,
Faut leur couper les roubignolles !

– Ferme donc ça, pauvre idiote, gueula Jean-Marie Si le père en assaisonne un, ça va faire des ennuis affreux Des emmerdations pires qu'un plein tombereau de fumier dans la salle à manger!

Pour l'embêter encore davantage, le Glaude proféra :

– L'a pas tous les torts, le Blaise! Pourquoi aussi que les uhlans viennent le provoquer sous ses fenêtres!

Jean-Marie se contint pour ne pas lui adresser la parole le premier. Comme ils approchaient du pré d'où venaient d'éclater deux nouveaux coups de fusil, l'Estafette bleue de la gendarmerie arriva à leur hauteur Le brigadier Coussinet et trois gendarmes en descendirent précipitamment. Le gradé s'adressa à Jean-Marie :

– Votre mère nous a téléphoné. Il n'a touché personne, au moins?

– Ça, j'en sais rien.

– Il a que des cartouches de 10, précisa Antoine.

– C'est déjà moins sérieux que des chevrotines, mais quand même, quelle histoire! Où est-il?

– Je le vois! piailla Riquet grimpé sur le capot de l'Estafette. Il est à vingt mètres de la caravane, juste à côté du pommier.

En se dressant sur la pointe des pieds, le public aperçut enfin, rampant dans l'herbe, les taches blanches du gilet de flanelle et du caleçon long.

– Monsieur Rubiaux! tonna le brigadier, rendez-vous!

– Papa! beugla Jean-Marie, arrête tes conneries!

– Connerie toi-même! riposta, là-bas, le Blaise

– Au zegours! Au zegours! répliquèrent en écho les voix angoissées des invisibles Schopenhauer.

– Blaise! Mon Blaise! couina la Marguerite qui trottinait pour recoller au peloton.

« Ta gueule, la mère », fut la réponse lointaine de son mari, suivie par une détonation. On entendit les plombs fouailler encore la caravane, ce qui mit un comble à la fureur de Jean-Marie :

– Vieux bandit, c'est pas toi qui vas y payer les dégâts que tu fais ! Cette fois, y a pas, je vais aller te chercher par la peau du cul !

Il enjamba les barbelés de la clôture, courut dans le pré. Blaise fit volte-face, épaula, lâcha son deuxième coup en hurlant :

– Approche pas, collaborateur !

Les projectiles sifflèrent sur la gauche de Jean-Marie qui jugea plus prudent de battre en retraite à toutes jambes. On en conclut dans l'assistance qu'il n'était pas mort. Mais il était blême :

– Le criminel ! Tirer sur son fils ! Il a dû tomber fou, à force de faire de la chaise longue !

Antoine défendit malgré tout son grand-père :

– Il t'a pas visé. C'était pour te faire peur.

– M'en faudrait plus ! bougonna Jean-Marie, ce qui lui valut un regard ironique du Glaude, qu'il encaissa sans sourciller pour ne pas aggraver le cas dramatique posé par sa famille.

Un des gendarmes s'adressa à son supérieur :

– Qu'est-ce qu'on fait, chef ?

– Quoi, qu'est-ce qu'on fait ?

– On pourrait tirer, nous aussi.

Le brigadier Coussinet s'étrangla :

– Tirer ?

– En l'air, pour l'effrayer.

– En l'air ! En l'air ! Et lui coller un pruneau en pleine tête, comme d'habitude ! Alors là, Michalon, avec une bavure de cette taille-là, on se retrouve tous mutés en Guyane, chez les nègres! Si ça vous amuse, pas moi. Je vois ça d'ici : « Des gendarmes abattent comme un chien un ancien combattant de quatre-vingt-cinq ans! »

Ses subordonnés frémirent l'un après l'autre, selon leur vivacité d'esprit. Le Bombé grommela :

– Le Glaude a raison. On l'a chatouillé, le Blaise. S'il descend un ou deux frisés, ça sera de la faute aux autorités qui les laissent nous envahir comme en 40. En 14, c'était recommandé de tout y massacrer, aujourd'hui c'est défendu, comment voulez-vous qu'il s'y retrouve, le père Rubiaux?

Coussinet l'interrompit sèchement :

– On ne vous demande rien, monsieur Chérasse.

– Je vous ferai remarquer, brigadier...

– Que vous sentez le vin, comme tous les jours? Je m'en étais rendu compte. Taisez-vous.

Il lui tourna le dos, s'adressa à Antoine :

– Si j'ai bien compris, votre grand-père a votre cartouchière. Il y avait combien de cartouches, dedans?

Antoine réfléchit, puis lâcha :

– Dix ou douze. Sûr pas plus. Il en a déjà brûlé huit, d'après ce qu'on a entendu.

– Alors, on va attendre qu'il tire le reste. Il n'y a que ça à faire.

Auprès de Ratinier, Cicisse marmonnait, le cœur gros :

– T'as vu comment qu'y m'a causé, l'autre ours? M'a quasiment traité de poivrot! Je m'en vais te lui prouver le contraire!

– Tu vas t'arrêter de boire à ton tour? fit le Glaude effaré.

– Non ! Mais je vais écrire une plainte au préfet, sans une faute d'orthographe, et on verra...

Deux explosions lui coupèrent la parole.

– Dix ! déclara le brigadier.

Le nez sur un pissenlit, le père Blaise approvisionna son arme, réalisa qu'il n'avait plus de munitions autour du corps.

– Vingt dieux, s'alarma-t-il, j'en ai plus que deux à leur expédier, à cette engeance ! Faut que j'en allume une paire pleine gueule, sans ça le reste sortira pas les bras en l'air en gueulant « Kamarades ! Pas kapout ! »

Malgré le change avantageux, Karl Schopenhauer et sa petite famille jugeaient le temps longuet, à croupetons dans les gravats de ce riant Bourbonnais transformé en succursale de Stalingrad. Bertha pleurnichait. Frida évoquait en tremblant les victimes de l'affaire Dominici.

– C'était des Anglais, fit son mari pour la rasséréner.

Caché derrière une poutre, son fils aperçut dans les herbes le fantôme du fou qui les mitraillait. Il ramassa des cailloux, en envoya une poignée à toute volée sur le spectre. Trois pierres crépitèrent à la file sur le casque de l'assaillant.

– Les grenades ! rugit le Blaise en vidant son fusil dans la direction du jeune Frantz.

Celui-ci n'eut que le loisir de plonger dans la poussière du fenil pour échapper à la grenaille.

– Douze, compta Antoine, ça doit être bon.

– Restez là, ordonna le brigadier, c'est notre métier à nous, d'exposer notre vie. Pas le vôtre.

Il pénétra dans le pré, suivi de ses trois hommes déployés en tirailleurs. Le vieux Blaise s'était levé, prêt à en découdre à la baïonnette s'il en avait possédé une, quand il aperçut les gendarmes. Hilare, il retira son casque, l'agita gaiement au-dessus de sa tête :

– Cré bon Dieu, v'là les renforts! Vous tombez à pic, les gars! Ici, le 42e d'infanterie! Douaumont! Vive Pétain! Vive Clemenceau! Sus aux Prussiens!

– Ne le touchez surtout pas, souffla Coussinet à ses subordonnés avant de lancer à voix haute : Bonjour, monsieur Rubiaux! Vous allez attraper froid, à galoper dans la rosée.

– M'en fous, du froid, proféra avec superbe le gros de l'armée des Gourdiflots, faut les déloger de là, les boches!

– Ils se sont repliés, monsieur Rubiaux. On les a vus qui fuyaient en désordre sur la route de Jaligny.

Décontenancé, le vieillard lâcha son arme :

– Les trouillards! Z'étaient pourtant supérieurs en nombre, comme d'habitude. Z'ont vraiment pas changé du tout, les bourriques!

Tous les Rubiaux, tous les Van Slembroucke, le Glaude, Cicisse et l'Amélie Poulangeard s'approchaient, cernaient bientôt le valeureux troupier. Jean-Marie ne décolérait pas :

– Je sais pas ce qui me retient de te foutre des calottes, espèce de polichinelle! Et referme donc ta braguette, on voit ta croix de guerre!

Le Blaise murmura, un peu las :

– Ce n'est rien, Jean-Marie. C'était la moindre des choses. J'ai fait que mon devoir.

On comprit alors qu'il ne comprenait plus très bien ce qu'on pouvait lui raconter. Antoine et Marguerite le prirent chacun par un bras, le ramenèrent avec douceur à la maison tout en lui promettant gentiment un verre de goutte pour prix de ses exploits.

– Messieurs les Allemands, s'écria Coussinet, vous pouvez sortir, il n'y a plus de danger!

Abasourdis, les Schopenhauer se montrèrent, les uns après les autres. Le brigadier leur exposa l'affaire.

– *Ach,* gloussa l'ingénieur, che fois, che fois! Nous afons été attaqués par un fieux prafe! Ricolo! Très ricolo!

– Votre caravane a subi quelques dégâts. Si vous voulez constater...

– Laichez cha, che fous en brie. La carafane, ch'est rien. Che fais bas me mettre mal afec tes pons foisins bour chi beu.

Jean-Marie respira mieux, promit aux Schopenhauer un poulet qui leur ferait oublier l'étrange bienvenue que leur avait souhaitée son père.

– Che fous tis que c'était très ricolo! On ch'est pien amusés, bas vrai, les envants?

Les enfants, un peu pincés, en convinrent, quoique interloqués par la vue de l'Amélie Poulangeard qui exécutait à présent la danse du tapis autour de la caravane.

– Jambagne, Frida! Bour dout le monte! A la chanté de monsieur Plaise Rupiaux!

Après avoir bu la coupe qu'on leur offrait, le Glaude et le Bombé abandonnèrent bredine, gendarmes, Belges et Allemands, regagnèrent mélancoliquement leurs pénates.

– Tu vois, le Bombé, dans ces temps-là, on en avait.

– Y en avait même tant qu'on savait plus où les mettre, approuva Cicisse.

– Seulement voilà, on en a tellement mis en terre qu'il en reste plus...

Bonnot, qui s'était blotti au creux d'une haie durant toute la fusillade, sortit de sa cachette et se mit à suivre de loin les deux seuls êtres à peu près inoffensifs du pays. Du moins à sa connaissance. Mais elle était grande en ce domaine.

Chapitre 4.

> *« Couchez-vous de bonne heure, après avoir joui, toutefois, de la sérénité des soirées estivales. On pense beaucoup, et on s'améliore, sous le ciel pur et étoilé Sa paix descend dans votre âme. »*
>
> Baronne Staffe, 1892.

La camionnette du boulanger s'arrêtait à leurs portes. Celle du Casino aussi, pour les sardines, les nouilles et le café. Après le combat des Gourdiflots, le Glaude et Cicisse se replièrent encore davantage et en bon ordre sur eux-mêmes. Leur voisinage n'était en définitive constitué que de divers castors européens, d'hostiles, d'indifférents, d'antennes de télévision, de chauffages au fuel et de gamins mal élevés qui rigolaient de leurs sabots et des épingles à nourrice qui décoraient de barrettes d'argent leurs vieux habits de velours.

Le monde étant devenu vraiment trop canaille au fil des années, Chérasse et Ratinier s'écartèrent de moins en moins de leur îlot de paix. Chez eux, les oiseaux et les derniers lapins de garenne étaient comme chez eux, voletaient ou batifolaient sans risques. Les petits bougres le savaient, se l'étaient répété, chantaient, trottaient et se multipliaient autour de ces deux cheminées d'où sortaient encore des fumées qui sentaient bon la soupe au lard et le bois des forêts.

– T'y vois, le Bombé, c'est encore dans notre petit coin à nous, loin des malfaisants, qu'on est encore le mieux pour attendre la mort.

– La mort, la mort, j'y aime pas bien, ce truc-là. On pourrait causer d'autre chose.

– Marche, toi et moi, on ira les rejoindre, les autres, derrière l'église.

– C'est d'être dans la nuit que ça te donne des idées d'enterrement? Tu veux que j'allume l'ampoule du dehors?

– Non. Pas la peine de gaspiller la lumière. Et puis, les papillons tomberont dans les verres.

Par cette douce soirée de printemps, ils étaient assis côte à côte sur le banc de Chérasse, tout juste séparés par l'épaisseur d'un litre. Le ciel était d'un beau bleu nuit, et il y avait autant d'étoiles là-dedans que de lettres dans un bouillon gras. Souvent, avant d'aller au lit, ils prenaient le frais ainsi, et bavardaient ou se taisaient une heure, le nez braqué vers la lune, sirotant avec componction leur canon, insoucieux des zigzags des chauves-souris de feutre, attentifs aux soupirs, aux feulements nocturnes d'une campagne qui ne parvenait pas à trouver le sommeil et se retournait sur sa couche.

Une carne de chien, celui du domaine de Grasses-Vaches, appelait à tue-tête cette carne de chienne du Pré-Rouge, qui lui expliquait sur le mode lugubre qu'elle serait bien venue si elle n'avait pas été à l'attache. Deux phares d'auto, clignotant tout là-bas, cherchaient à la lampe électrique une route qu'ils avaient sans doute perdue.

Le Glaude qui se roulait une cigarette depuis un bon moment battit enfin le briquet, éclaboussant de lueur toute la compagnie. Rentrés dans l'ombre, ils s'entendirent boire une gorgée de vin, savourant leur plaisir en sybarites éprouvés.

Le Glaude reprit :

– Faut pas qu'on se plaigne, le Bombé.

– Mais je me plains pas!

– Si le cimetière te dit rien, et là-dessus je suis bien d'accord avec toi, pense qu'il y a pire encore et qu'on pourrait se pourrir à l'asile au lieu d'être dans nos maisons à nous, qui sont peut-être pas le château de Jaligny, mais où qu'on peut dire merde à n'importe qui.

– L'asile, j'irai pas. Je me foutrai plutôt dans mon puits comme devraient faire tous les vrais puisatiers.

– C'est ça, plaisanta Ratinier, et moi je me taperai sur la tête jusqu'à la mort avec un sabot comme tous les vrais sabotiers.

Ils regardèrent, l'un la Grande Ourse et l'autre la Petite. Remué par tant de poésie céleste, le Bombé leva délicatement une fesse, émit un pet plus foudroyant qu'un uppercut, qui monta jusqu'au contre-*ut* avant de s'achever par une phrase de morse en suave dégradé. Là-dessus, Chérasse attendit avec intérêt le jugement de l'auditoire.

– Pas vilain, apprécia Ratinier, amateur éclairé s'il en fut, virtuose lui-même de l'instrument en question, base essentielle de la communicabilité entre deux êtres imprégnés de simplicité bucolique.

Il ajouta peu après, l'œil rivé à l'étoile du Berger :

– Cré bon Dieu de vieille charogne, t'as un pot de chambre de cassé dans le ventre !

Flatté, le Bombé commenta sa prouesse :

– J'ai mangé des pois à midi.

– C'est donc ça...

– Des Saint-Fiacre. J'en ai ramassé gros, gros, l'an passé.

– Ça promet !

– Pas un charançon !

– C'est vrai que ça sent pas l'insecte.

Le Glaude mijotait sa revanche, puissant et concentré, ne pensant plus même à tirer sur sa cigarette. L'air retrouvait peu à peu sa pureté virgilienne quand, des entrailles, sinon de la terre, du moins de celles de l'ancien sabotier jaillit un ululement qui n'avait rien d'humain. C'était si déchirant, si poignant aussi que le Bombé en sursauta sur le banc. Ratinier triompha, hilare, après le couac subtil de la dernière note :

– Ho, l'ami ! Qu'est-ce que t'en dis, de celui-là ? Y faisait bien un kilomètre, un kilomètre et demi de long, non ?

– Pas loin, admit Cicisse beau joueur. On se demande où que tu vas chercher tout ça.

– Lard aux lentilles, expliqua le maestro sur un ton professoral. Y a pas mieux pour la sonorité. Ça fait cuivre.

Enfumé comme un blaireau dans son terrier, le Bombé se dressa sur ses pieds.

– C'est pas tenable, avoua-t-il, je vas prendre l'accordéon, ça fera un peu de brise, avec les soufflets.

Il revint, l'objet en sautoir, vida son verre avant d'attaquer *La Valse brune,* chantonnant au refrain : *C'est la valse brune / des chevaliers de la lune / que la lumière importune...* de sa voix aigre de vinaigre de vin. Encore tout ballonné de rires, le Glaude se calma, se laissa étreindre et chavirer par cette belle musique de ses belles années.

– Ah ! celle-là, rêva-t-il, je l'ai tournée des fois, avec la Francine ! Légère comme une libellule, qu'elle était, la pauvre chtite enfant, quand on dansait pour la Saint-Hippolyte, pour la Saint-Pierre, pour la Bonne Dame, partout où qu'y avait de la fête et du bal !... Maintenant, mon Cicisse, y a plus de valse brune, y a plus que deux vieux chevaliers cons comme la lune sous la lune...

Chérasse grogna :

– Tu vas pas te mettre à pleurer, espèce de chimpanzé ! C'est le printemps qui te trifouille ?

Ratinier renifla en rallumant sa cigarette, ce qui lui grilla quelques poils de moustache :

– Des fois, elle me manque, la Francine. Qu'est-ce que tu veux, les femmes, c'est des choses qu'arrivent qu'aux vivants...

– Ça, c'était une bonne voisine, reconnut le Bombé. Mais ça la fera pas revenir que d'en parler. Si t'as le zibbour[1] ce soir, c'est parce que tu bois rien. T'as à peine séché deux canons. Tu rechignes, le père ?

1. Cafard, ou spleen, en bourbonnais.

– T'as raison ! Remets un peu de boulets dans la chaudière !

Cette fois, ils finirent le litre sans ménagement pour dissiper cette vague de neurasthénie qui leur tombait sur les épaules. C'était lors de soirées semblables que, très loin de la terre et sous les astres, ils se grisaient le plus, n'ayant, le plein de l'âme fait, que quelques pas incertains à tituber pour regagner leur domicile. Ceux-là qui les jugeaient durement ne savaient rien de l'âge, de la fin à l'affût comme un chasseur dans les fourrés. Ceux-là ignoraient tout de ces deux solitudes qu'effarouchait le bruit croissant d'un monde qui les quittait sans un regard. Ceux-là ronflaient auprès de leurs conjoints et de leurs radiateurs.

Consolé, le Glaude fixa, là-haut, le brouillon des planètes et autres ingrédients :

– C'est pas mal, les étoiles.

– Oui, c'est bien foutu.

– Paraît qu'y en a des cents et des mille.

– Tais-toi voir !...

Le Bombé avait sans crier gare interrompu cette digression astronomique et lyrique par un atroce pet, les mains crispées sur les genoux pour l'expulser avec un maximum de force. Non, ce n'était pas « Le Bal » de la *Symphonie fantastique*. Plutôt la trompette bouchée de Bubber Miley, l'un des créateurs de la sourdine « ouah ouah », dans le *Creole Love Call* de la version originale de 1927. Cette exécution magistrale arracha des cris d'enthousiasme au Glaude :

– Joli ! Joli ! Ça mériterait d'être gardé pour y passer sur un phono !

Enchanté de ses effets, Chérasse courut quérir un autre

litre et, les accus rechargés, nos deux mélomanes se surpassèrent à l'intention des seuls astéroïdes, déchiffrant des partitions inconnues, égrenant des soli tonitruants égayés de duos moelleux, voltigeant du basson au tuba, du grave à l'aigu, du plaisant au sévère. Jamais les deux artistes n'avaient connu semblable condition physique, n'avaient participé à un tel festival de Bayreuth, n'avaient improvisé dans une aussi brillante jam-session.

Angoissé pour des riens, Bonnot s'était réfugié dans un arbre. Dans leurs confins, les chiens inquiets avaient réintégré leur niche, la queue entre les pattes.

Ce ne fut qu'aux approches de vingt-deux heures que les éclats de ces paquebots entrechoqués déclinèrent, puis que ces grandes voix se turent.

– Ben mon frère, s'exclama le Bombé dans la sérénité retrouvée du soir de mai, tu veux que je t'y dise? Ça, ça prouve qu'on n'est pas morts!

– J'ai jamais tant rigolé! l'approuva le Glaude.

Ils s'essuyaient les yeux, malades de rire. Ils ne renoncèrent à leur sabbat que sur un ultime essai décevant. Eux qui ne se laissaient jamais aller à des manifestations incongrues d'amitié se tapèrent pourtant dans le dos avant de se séparer. Ç'avait été une bonne veillée, comme dans l'ancien temps où il y avait encore de la camaraderie, du vin bourru, des châtaignes, des bûches dans le feu, des grand-mères avec des bonnets, des meubles qui sentaient la cire, des miettes de pain piquées à la pointe du couteau, et des jeunes gars bien rouges qui se levaient pour chanter *J'ai deux grands bœufs dans mon étable* sur les douze coups de minuit.

Chapitre 5.

La nuit suivante, le vent se leva tout à coup, peu avant une heure du matin, le Glaude le constata en regardant sa montre de gousset posée sur sa table de nuit après avoir été remontée comme elle l'avait été chaque soir depuis quarante-cinq ans, vu qu'il s'agissait de son cadeau de mariage.

Il avait été réveillé par le couvercle de lessiveuse fixé par le Bombé sur son toit. Mal arrimé, le maudit couvercle jouait sur les tuiles au moindre souffle d'air à la façon d'une cymbale. Chérasse prétendait le contraire avec aplomb et que, de toute façon, cela ne l'empêchait pas de dormir du sommeil du juste qui a jardiné tout le jour.

Le vent s'enfla, et les chouettes qui entraient et sortaient comme dans un moulin du grenier s'y terrèrent, la tête sous les deux ailes. Le chat n'était pas dans la maison, ayant refusé de la regagner à l'instant du coucher, comme cela se produisait parfois durant ses périodes de galanterie débridée.

Le bonnet de coton enfoncé sur le crâne, le Glaude attendit, avant de se tirer les couvertures jusqu'au cou, que la vieille horloge se décidât à sonner une fois. A la longue, il s'énerva, alluma son briquet, consulta derechef son oignon. Incrédule, il pressa pour le coup la poire qui pendouillait contre le mur à son chevet. A la faible lumière de la modeste ampoule préposée au chiche éclairage de son logis, il vit que sa montre indiquait une heure moins deux, tout comme il y avait au moins cinq bonnes minutes. Il l'agita près de son oreille, constata avec stupéfaction qu'elle était arrêtée.

– Vingt dieux d'ours, marmonna-t-il, ça lui est jamais arrivé depuis que je l'ai! L'est pourtant point tombée à terre...

Il repensa à l'horloge, qui ne s'était toujours pas manifestée. Il se leva, chaussa ses vieilles pantoufles et trottina vers le coin où elle se tenait. Éberlué, il s'aperçut qu'elle aussi était silencieuse, que ses aiguilles aussi s'étaient figées sur une heure moins deux.

– Ça alors, fit-il à haute voix, qui que c'est que cette comédie? Y a de la diablerie là-dessous!

Il examina les poids de l'horloge, tout était en ordre, tout était normal, et plus rien ne l'était.

Une main sous sa longue chemise de nuit ancien style, il se gratta les fesses en signe de perplexité.

– Ça doit être un phénomène, grogna-t-il, mais cette explication simpliste ne le convainquit pas. Il se dirigea vers la *bassi,* ainsi nommait-on en patois la souillarde où se tenaient la pierre d'évier, les étagères, les casseroles et, jadis, le seau d'eau que la Francine avait remplacé par un robinet. Il avait besoin de se payer un demi-canon de rouge pour se réconforter. Il faillit échapper la bouteille, la tint serrée contre son cœur battant.

Par la lucarne grillagée de la bassi, il venait d'apercevoir, posé au milieu de son champ, un objet plus brillant que du chrome, une sorte de disque de trois à quatre mètres de circonférence.

– Ça, vieux, bégaya-t-il, diabète ou pas diabète, faudra bien y laisser tomber la boisson! Voilà que tu rêves tout debout!

Il se souvint alors, en une illumination, d'une page d'un *La Montagne* de l'année dernière consacrée aux soucoupes volantes, et fut paradoxalement assez satisfait de pouvoir se dire que les abus de vin n'étaient du moins pour rien dans cette vision fantastique. Il se força pour articuler très fort, afin de se rassurer :

– C'est qu'une soucoupe volante, mon Glaude! Paraît que ça a jamais fait de mal à personne, les soucoupes, d'après les vieux gars qu'en ont vu. Si c'était du mauvais, ça se saurait. Ça va, ça vient comme dans une nuit de noces, et ça repart comme c'est venu.

Il ne pouvait malgré tout en détacher ses yeux écarquillés, conscient d'assister à une chose qui n'était pas sous le sabot d'un cheval et courait encore moins les rues. Puis il respira mieux à la pensée que c'était ce truc-là qui avait dû détraquer son horloge et sa montre et qu'il n'y avait plus, du coup, rien de mécanique là-dessous.

Calmé, il se rappela pourquoi il était dans la bassi et se servit un canon entier au lieu du demi promis. Il l'avala d'un trait, revint à la soucoupe. Elle était toujours là. Le canon ne l'avait ni effacée ni dédoublée.

« Je devrais aller chercher le Bombé pour qu'il en profite lui aussi, songea-t-il, sans ça y va jamais me croire. »

Il entendit alors miauler et gratter furieusement à sa porte. Il alla ouvrir à Bonnot, ne le reconnut pas. Le chat hérissé avait triplé de volume, arborait une queue de tamanoir. Il s'engouffra dans la pièce, se précipita sous le lit. « Qu'est-ce qui lui fait si peur à cet ours-là ? », se demanda le Glaude qui avait recouvré tous ses esprits

Le vent était soudain tombé. Ratinier se risqua au-dehors d'un pas prudent. Il vit alors sur le chemin un bonhomme qui se mouvait en se dandinant vers lui. Un bonhomme qui n'était pas du pays. Qu'il n'avait en tout cas jamais rencontré, même pas au marché. Qui n'était ni petit ni grand. Qui ressemblait à tout le monde, sauf qu'il était habillé en polichinelle dans une combinaison de couleurs très vives, en jaune et en rouge, était coiffé d'une espèce de serre-tête d'aviateur de 14, pas présentable en somme pour aller à Vichy ou à Moulins sans se faire remarquer.

Le bonhomme tenait dans une main un mince tube métallique. De l'autre, il fit un signe à Ratinier, lui présentant sa paume. Ce devait être un geste amical. Poliment, l'ancien sabotier le salua, quoique ce n'était guère une heure pour rendre visite aux gens. Il comprit alors, étant donné ce manquement aux bons usages terrestres, que le bonhomme ne pouvait être qu'un Martien quelconque, et que c'était lui le conducteur de la soucoupe. « Après les Belges et les Allemands, se dit le Glaude, y nous manquait plus que ça ! »

Il ne pouvait quand même pas décemment lui claquer

la porte au nez. En outre, le zigoto l'aurait peut-être mal pris, malgré son attitude débonnaire. Ratinier, qui n'avait pas été élevé dans une écurie, fit avec courtoisie :

– Bonjour bien, l'ami ! Quoi donc que c'est qui vous amène ?

Le Martien était à présent tout près du Bourbonnais. Mais le côté exceptionnel de cette rencontre historique n'émouvait pas le Glaude, qui en avait vu d'autres pendant la guerre. Il s'impatienta, il commençait à prendre froid, en chemise dehors dans la nuit :

– Eh ben, alors, mon vieux ? C'est-y que vous savez pas causer ?

L'autre saisit qu'on l'interrogeait, ouvrit la bouche. Il en sortit des bruits qui n'évoquèrent pour Ratinier que le glouglou des dindons dans les cours de fermes. Jamais on n'avait entendu pareil baragouin s'échapper du gosier d'un homme ou d'un humanoïde. D'abord interloqué, le Glaude prit le parti d'en rire, ce qui suspendit les sons sur les lèvres de son vis-à-vis :

– De mieux en mieux ! Voilà qu'y parle pas français, c't'indien-là ! Je me demande ce qu'on vous apprend à l'école, dans le secteur d'où que tu viens ! Allez, entre quand même. Y sera pas dit que Ratinier aura laissé un chrétien devant chez lui, même s'il est chrétien comme un âne qui recule.

Du geste, il invita l'inconnu à pénétrer dans sa chaumine. Bonnot fila entre les jambes du Martien, détala en crachant de terreur, se perdit dans la nuit.

Le Glaude referma la porte sur eux, détailla l'autre du regard, l'autre qui le dévisageait de même et s'étonnait sur-le-champ de ses moustaches à la gauloise jaunies par le tabac et les séjours humides dans les verres

Il paraissait si intrigué qu'il les désigna même du doigt. Conciliant, Ratinier ânonna comme pour un enfant qui apprend à parler :

– Moustaches. Moustaches. C'est des moustaches. Des moustaches d'avant-guerre, mon loulou.

Le « loulou » avait de quoi s'épater, lui qui ne possédait apparemment pas de système pileux, n'avait ni cils ni sourcils, était sans doute chauve sous sa coiffe. Pour le mettre à l'aise, le Glaude rigola.

– Ce te fait une drôle de bobine, mon chtit gars, d'être poilu comme un œuf de poule. Assis-toi quand même, t'as l'air plus bête que méchant, sauf que t'as guère de conversation. Si tu m'y racontes pas, je saurais ben jamais d'où que tu réchappes, vieille denrée, vu qu'y paraît qu'y a pas un pèlerin sur la Lune.

L'autre glouglouta encore une rafale de son charabia. Ratinier écarta les bras pour lui montrer qu'il n'entendait rien à son langage de chapeau chinois. Le Martien comprit, se tut, s'intéressa alors à ce qui l'entourait, se promena dans la pièce en examinant tous les objets. Tant d'attention toucha le Glaude dans son orgueil de propriétaire :

– Eh oui, mon lapin, tout ça, c'est à moi! T'as beau venir de plus loin que la Russie, ça t'en bouche un coin de voir toutes ces belles choses, pas vrai? Ça, c'est mon blaireau et mon rasoir. Ça, c'est le calendrier des P.T.T. Ce bateau en plâtre, c'est un souvenir qu'un cousin nous a envoyé dans le temps. Y touche pas, malheureux, ça vaut des sous! Et va pas foutre ton pied dans le pot de chambre, que ça ferait du joli boulot!

Le Martien tomba en arrêt devant une de ces douilles d'obus que les soldats de 14-18 ciselaient et transformaient en vases à fleurs. Captivé, il la prit dans ses mains, la gratta de l'ongle sans prendre garde évidemment aux commentaires du Glaude qui ne pouvait s'empêcher de bavarder, fût-ce dans le vide :

– Ça vient de mon oncle Baptiste qu'est mort depuis. Pas à la guerre mais d'un sale rhume qu'il avait pas soigné.

Le Martien reposa enfin la douille non sans l'avoir considérée sous tous ses aspects. Rien, dans son tour d'horizon, ne le fascina autant que ce vase, pas même la paire de sabots que le Glaude lui agita sous le nez pour qu'il en admirât de plus près le galbe et la finition. Leur créateur en fut un brin vexé :

– T'as beau rien y connaître, espèce de denrée, tu pourrais y reluquer un peu mieux au lieu de soupeser une heure une douille d'obus. Le travail du bois et ces couillonnades-là, c'est le jour et la nuit !

Il sursauta, ce qui fit sursauter l'étranger. Le Bombé braillait au-dehors, encore loin de la maison :

– Le Glaude ! Le Glaude ! Lève-toi ! Viens voir ! Y a une soucoupe dans ton champ !

Le Martien lut l'embarras dans le regard de son hôte, comprit qu'il allait être victime d'une rencontre imprévue. Il se jeta sur la porte, l'ouvrit, brandit son petit tube dans la direction des cris, et ceux-ci cessèrent tout net.

– Qui que t'as fait, la denrée, glapit Ratinier, qui que t'as fait comme malheur !

Il alluma la lampe extérieure, bouscula « la denrée », coula un œil craintif sur le chemin. A une portée de fusil de là, en caleçon long et en chemise à carreaux ravaudée de partout, le Bombé était figé un pied en l'air à la façon du génie de la Bastille, la bouche arrondie sur un coup de gueule congelé au ras des lèvres. Ratinier horrifié se mit à trembloter, se retourna d'un bloc vers l'inconnu :

– Tu me l'as tué, vieux bon Dieu d'assassin! T'as massacré mon meilleur ami!

La colère, le chagrin du vieux, étaient si explicites que le Martien s'empressa de dissiper sa méprise. Il porta sa main à sa joue, inclina la tête pour mimer le sommeil. Pour encore mieux illustrer son propos, il se mit à ronfler bruyamment. Le Glaude comprit, se détendit, aspira, soupira, respira :

– Ah! tu me l'as endormi, le Bombé! Fallait le dire' J'aime mieux ça! Il a une drôle de dégaine, le pauvre Cicisse, quand il est changé en statue, avec rien qu'une pantoufle par terre. On dirait un épouvantail à moineaux!

Il considéra le Martien avec un rien de méfiance mâtinée de respect :

– Dis donc, t'en connais des trucs et des machins, la denrée! Finalement, je vas t'appeler la Denrée, ça sera plus commode pour te causer que t'aies un nom, puisque tu peux pas me dire le tien si jamais t'en as un.

La Denrée, puisque denrée il y avait, n'avait pas encore souri depuis son arrivée. Il ne devait pas savoir. Seuls ses yeux étaient vifs, et bienveillants sans doute. Le Glaude lui donnait une trentaine d'années, à ce sorcier capable d'expédier le Bombé dans les catalepsies d'un seul coup de tuyau, et même pas sur la tête, s'il vous plaît. « C'est quand même savant et compagnie, ces indigènes-là! », se dit-il. Il abandonna Chérasse à son sort provisoire et ridicule de momie, referma la porte sur cette image bouffonne. Par gestes, il s'efforça de s'enquérir auprès de la Denrée des raisons de sa venue ici, le désignant, désignant l'endroit où se tenait la soucoupe, se désignant lui-même en répétant :

– Pourquoi? Pourquoi que t'es là et pas ailleurs? Pourquoi chez moi? Pourquoi moi?

Attentif, la Denrée suivait toute cette démonstration et, comprenant qu'il avait quelque chose à comprendre, la comprit enfin. Après avoir égrené quelques-uns de ses borborygmes, il plaqua sur la table un objet que le Glaude n'avait pas encore aperçu, un petit boîtier carré muni de boutons et de cadrans sans aiguilles ni chiffres, où seules palpitaient des lueurs vertes qui troublèrent Ratinier parce qu'on aurait pu les croire comme vivantes.

– Qui que c'est encore que cet outil qu'on dirait qu'il y a du monde dedans? maugréa-t-il. Qui que tu vas encore me sortir? De la fumée ou de la musique?

Les interrogations du vieux semblaient perçues de la Denrée. Il appuya sur une touche et le boîtier lâcha un si énorme pet que le Glaude fit un bond en arrière.

– Nom de Dieu, v'là que ça pète comme un homme, cet engin! Ça mange quand même pas des fayots!

Des voix humaines s'élevèrent alors de l'appareil et Ratinier reconnut avec stupéfaction la sienne et celle du Bombé, bientôt suivie par une seconde déflagration ponctuée de rires, les leurs.

– Mais..., bégaya-t-il, c'est tout ce qu'on a fait l'autre soir sur le banc! Comment que t'as pu y entendre, la Denrée? Y avait personne! Si t'es pas le diable, t'en es pas loin!

A son tour, la Denrée tenta de s'expliquer par le biais

de la pantomime. Il leva un doigt au plafond, puis se le pointa sur la poitrine.

– Ça, c'est toi dans le ciel, commenta Ratinier.

Satisfait, la Denrée lui montra le boîtier qui venait encore de lancer un pet monstrueux, porta les mains à ses oreilles, singea la surprise.

– Ah ! tu nous a écoutés péter de là-haut ! s'exclama le Glaude en l'imitant du geste. Ben, vous êtes pas sourds, les Martiens ! Et qui que t'as cru ? Qu'on t'appelait ? C'est ça ?

Enchanté qu'on l'eût aussi visiblement saisi, la Denrée pressa une autre touche de son instrument, ce qui coupa la parole à l'une des fréquentes détonations de cette mémorable séance. Les étranges lueurs changèrent de couleur, virèrent du vert au violet. Le boîtier demeura silencieux, mais il parut au Glaude que le bidule respirait, ou du moins que cela y ressemblait.

– On a beau dire, fit Ratinier pour le seul plaisir de parler, mais tout ça c'est plus fort que du roquefort. Si on peut plus péter sous les étoiles sans faire tomber un Martien, y va nous en arriver des pleines brouettes !

Il se rendit dans la bassi, en revint avec un litre et deux verres.

– C'est pas tout ça, le père, je sais pas si vous buvez le canon dans vos campagnes, mais chez nous ça se fait, même que tu m'as foutu une sacrée soif avec toutes tes excentricités !

Il remplit les deux verres, trinqua sans que la Denrée eût pris le sien. Le Glaude vida son canon d'un trait, claqua de la langue, s'essuya les moustaches, ravi.

– Quand je pense à l'autre zèbre qui dort comme un sac sur le chemin, une patte en l'air, je rigole !

Il pouffa, puis s'indigna :

– Ben alors, la Denrée! Tu me fais offense! T'es en France, mon gars, et en France on boit le coup quand on a quelqu'un à la maison, on n'est pas des sauvages! Vide-moi ça cul sec, c'est du nanan!

Il poussait le verre plein vers la Denrée. Celui-ci le prit avec précautions, en renifla le contenu. Sans qu'on pût lire en lui un sentiment quelconque, l'être de l'espace reposa le verre sur la toile cirée, ce qui tira une grimace amère au Glaude :

– L'aime pas le pinard. C'est bien ma veine. On va pas être bien copains, tous les deux, si tu bois que du coco ou que du jus de chaussettes. Tant pis pour toi, je vas toujours pas y remettre dans la bouteille!

Il siffla la part de son compagnon, se tapa sur le ventre, émit un léger rot qui eut la vertu d'intéresser la Denrée.

– Excuse-moi, camarade, encore que ça paraît t'amuser. Si y a que quand on rote ou qu'on pète que ça te dit quelque chose, on va pas causer souvent! D'abord, le Bombé et moi on pète que dehors, quand on est ensemble. A la maison, c'est pas poli. On sait se tenir, lui et moi. On a déjà été au restaurant.

Il se frappa la tête du poing :

– Mais j'y pense, mon garçon! Si ça se trouve, t'as guère soif, mais t'es fou de faim à force de tournicoter dans ta bon Dieu de soucoupe! Et t'oses pas y demander! Je vais te faire chauffer un petit restant de soupe.

Il attrapa une casserole sur un coin de la cuisinière, la présenta à la Denrée.

– Dis-moi au moins si ça te chante, avant que j'allume le réchaud.

L'autre comprit, sentit la soupe, parut moins indifférent que face au verre de vin. Il exprima quelques onomatopées que le Glaude traduisit à sa façon :

– Tu sais pas ce que c'est, hein, mais t'as quand même l'air de vouloir y goûter. C'est de la soupe aux choux, mon gars. De la vraie, pas en boîte ou en sachet. Faite avec mes choux à moi. Celui-là, c'est une variété de printemps, le Bacalan hâtif qu'y s'appelle, mais ça m'étonnerait que t'y connaisses. Avec ta boîte et ta soucoupe, je te vois pas bien dans un jardin, sauf pour endormir les limaces comme tu m'as engourdi l'autre vieille bricole !

Cette évocation le mit encore en joie. Il s'affaira, alluma le réchaud à alcool, plaça la casserole dessus, sortit du buffet une de ces petites soupières individuelles blanches à impressions bleues en usage autrefois dans le Bourbonnais, la déposa avec une cuillère devant la Denrée qui suivait avec curiosité tous ses mouvements. Le Glaude s'en aperçut et rit :

– Tu dois pas manger gras, dans ta Grande Ourse, pour écarquiller les deux calots quand on te prépare une louche de soupe. A moins que ça soye de voir un pépé y faire au lieu d'une bonne femme. Qu'est-ce que tu veux, c'est pas parce que la mienne est six pieds sous terre que je dois aller la rejoindre au triple galop. Y a pas presse. Elle me verra toujours rappliquer bien assez tôt.

Il coupa dans la soupière quelques tranches de pain que la Denrée considéra avec stupeur.

– Ça, c'est déjà des outils, jubila Ratinier. Savent même pas ce que c'est qu'un bout de pain. Sûr que j'irai pas chez toi, la Denrée, si tu m'invites à déjeuner. Sans façon !

La Denrée s'anima, caqueta longuement, un croûton à la main. Ratinier l'interrompit :

– Te fatigue pas ! On est pareils. Quand y en a un qui dit merde, y a l'autre qui comprend jambon.

La soupe fumait. Il éteignit le réchaud, la versa pardessus les morceaux de pain.

– Attends que ça trempe un peu, que ça prenne bien le bouillon. Faut tout t'expliquer, cannibale.

Il se roula une cigarette, l'alluma avec son briquet qui fonctionnait toujours au mazout. La Denrée effaré se leva de sa chaise à la vue de la fumée qui sortait des narines du Glaude. Celui-ci s'étrangla de bonheur.

– Ça y est, il croit que je vais exploser ! Ah ! ben, moi, je m'ennuie pas, avec ce clown. Quand je pète, y rapplique d'on sait pas où. Quand je fume, y prend peur. Allez, gamin, attaque !

Il désignait le bol à l'autre qui, ahuri, louchait sur le bol, puis sur le Glaude, puis sur le bol. Ratinier grommela :

– Le v'là qui sait pas manger ! Va falloir que je lui montre. Y doit se nourrir que de saloperies, dans ses colonies. T'es ben un vrai négro, mon pauvre misérable. Remarque, t'as pas bien bonne mine. T'as une peau qu'on dirait du caoutchouc. T'as un organisme qui manque de globules de vin rouge, pas besoin d'être docteur pour y voir. Ho ! la Denrée ! Ho ! Regarde-moi faire !

Il s'empara de la cuillère, l'emplit, la porta à sa bouche, souffla puis avala. Il tendit ensuite l'ustensile à la Denrée qui le prit avec maladresse.

– T'as compris, tête de pioche ? Je vas sûr pas te changer de cuillère, j'ai pas la gale.

A son tour, la Denrée emplit la cuillère, la flaira interminablement. Le Glaude s'irrita :

– Vieux bon Dieu, c'est pas de la crotte ! Vas-y ! Mais vas-y !

Le Martien, lui aussi, avait dû être bien élevé, devait ressortir d'une galaxie policée. Il obéit, éleva la cuillère jusqu'à ses lèvres, aspira une gorgée de soupe, la tourna et la retourna sur son palais avant de se résigner à l'absorber. Il parut alors tout à fait interloqué.

– Recommence ! l'encouragea le Glaude.

L'autre obtempéra, dévisagea le Terrien avec une perplexité croissante avant d'ingurgiter une troisième cuillerée, puis une quatrième. Un lardon l'interdit. Une parcelle de chou le confondit. Le goût du pain le dérouta. Mais il continuait à manger, jetant à tout moment un œil interrogateur sur un Ratinier qui se piquait au jeu et l'excitait :

– C'est bien, mon gars ! Je vais quand même pas te dire une cuillère pour la lune, une cuillère pour le soleil, t'as passé l'âge !

De cuillerée en cuillerée, la Denrée, de moins en moins hésitant, acheva sa soupière. Le Glaude triompha :

– Bravo, conscrit ! Te voilà calé pour la route C'est toujours pas la soupe aux choux du Glaude qui te collera des vers !

Immobile, la Denrée fixait un point vague devant lui. comme en proie à une intense réflexion. Enfin, le Glaude qui le surveillait le vit esquisser quelque chose qui était peut-être un embryon, un commencement, une ébauche de sourire. Il n'y eut bientôt plus à s'y tromper : la Denrée souriait presque, la Denrée souriait à demi, et le Glaude eut l'impression confuse d'assister à une sorte de naissance.

Il se frotta les mains, ravi d'avoir pu inculquer à un barbare quelques rudiments de civilisation.

– Eh bien, voilà, vieux frère ! Et t'as l'air content depuis la première fois que t'es là ! La soupe aux choux, mon Blaise, ça parfume jusqu'au trognon, ça fait du bien partout où qu'elle se balade dans les boyaux. Ça tient au corps, et ça vous fait même comme des gentillesses dans la tête. Tu veux que je t'y dise : ça rend meilleur. Quand on s'en est envoyé un bol en plein dans le ventre, on a les arpions qui s'étirent dans les sabots.

La Denrée réfléchissait toujours, semblait suivre en lui le chemin emprunté par le mystérieux aliment. Puis il glouglouta, songeur, davantage pour lui que pour le Glaude. Celui-ci reprit la casserole :

– Tu veux peut-être du rab ? Y en a bien encore pour trois ou quatre.

La Denrée lui ôta la casserole des mains, désigna encore le plafond en coassant sur un ton de prière. Le propos était clair, Ratinier le saisit :

– Compris ! Tu veux emmener la soupe là-haut pour la faire goûter à tes copains. C'est bien facile, mon chtit gars. J'allais pas la finir et elle aurait été pour le cochon. Autant que ça soye des Arabes dans ton genre qu'en profitent. Mais tu vas pas y emporter comme ça, pour y verser partout dans ta soucoupe ! Je vas te prêter une vieille boîte à lait qui doit traîner par là. Si tu me la rends pas, j'en mourrai point. Du lait, j'en use jamais.

Il farfouilla dans son buffet, trouva la boîte à lait en fer battu, la rinça dans la bassi, transvasa la soupe dedans :

– Tu vois. C'est plus pratique. Y a une anse et un couvercle. Tu peux faire des tas de kilomètres avec sans y foutre par terre.

La Denrée chuinta ce qui devait être des remerciements, se leva, glissa son tube et son appareil à pets sous son bras, prit la boîte à lait, désigna de l'autre main l'endroit où stationnait son véhicule.

– Ah! ça y est. tu t'en vas? Eh bien, au plaisir, mon vieux. Si t'as envie de revenir, tu connais l'adresse, maintenant. Je vas t'accompagner.

Ratinier enfila sa canadienne par-dessus sa chemise de nuit et, précédant la Denrée, se dirigea vers son champ. Il se retourna une seconde, pouffa :

– Ça fait quand même drôle de voir un Martien avec une boîte à lait comme une chtite *gate*. Ça doit pas arriver souvent.

Ils parvinrent auprès de la soucoupe, que le Glaude contempla de tous ses yeux. A l'intérieur, il y avait un siège comme sur les tracteurs, et des tableaux de bord en veux-tu en voilà, et qui clignotaient tout pareil que l'appareil à sous du *Café du Marché*.

La Denrée ouvrit une espèce de sas, pénétra dans l'astronef, et la boîte à lait alla se coller contre une paroi. Le Glaude tendit la main à son nouvel ami qui la regarda avec surprise.

– Eh ben, l'outil, serre-moi la main, qu'on va pas se quitter comme des chiens!

La Denrée ne comprenait pas ce qu'on voulait de lui. Le Glaude s'en aperçut, lui prit la main d'autorité et la serra.

– Voilà, ma vieille Denrée, et bon voyage! Mais que t'as donc les mains froides, mon pauvre enfant du Bon Dieu! T'as que du sang de lézard dans les veines!

La Denrée referma sa portière, fit signe à Ratinier de s'écarter. Le Glaude obéit, prêt à assister en spectateur privilégié au décollage. La Denrée manipula le Glaude ne savait quoi, prit vite un air soucieux que son public partagea.

– Ça y est, le v'là qu'est en panne, bougonna Ratinier. S'y reste piqué là, finie la tranquillité, ça va être un défilé toute la journée !

La Denrée rouvrit sa portière, redescendit de son engin, enjoignit au Glaude de demeurer sur place et se mit à courir vers la maison. « Y va sûrement chercher de l'eau, se dit l'ancien sabotier. Ça doit marcher à la vapeur, sa batteuse. » Peu après, toujours courant, le Martien revint en brandissant la douille d'obus de l'oncle Baptiste. Sans même consulter Ratinier, il l'enfourna dans une tuyère, à l'arrière de la soucoupe, y porta son oreille et parut satisfait.

– T'aurais pu m'y demander, maugréa le Glaude. Ça va bien que c'était pas bien joli, mais ç'aurait été le bateau en plâtre que c'était le même prix !

La Denrée lui répondit par des glouglous cordiaux et se réinstalla dans sa machine. Celle-ci s'éleva aussitôt de deux mètres au-dessus du sol pendant que le Glaude s'éloignait prudemment de quelques pas. Sans un bruit, sans le moindre frisson d'air, la soucoupe se mit à tourner de plus en plus rapidement jusqu'à ce que le Glaude ne pût distinguer en clair le visage de la Denrée. Puis elle grimpa encore jusqu'à la hauteur d'un pylône de l'E.D.F., émit un halo bleuté et, après un léger sifflement de moineau, s'élança dans l'espace à une allure de balle de fusil. Elle disparut en une seconde du côté de Moulins, même qu'elle devait déjà être au-dessus du Jaquemart sans avoir eu le temps de dire ouf. Le Glaude impressionné demeura un instant le nez pointé vers le ciel, murmurant malgré lui :

– Quand elle a un vase à fleurs dans le cornet, elle marche pas mal, sa mécanique ! Y a pas, ça fait peste et rage ! Sacré la Denrée ! Y a pas qu'à Paris qu'y a des types capables...

Il se rendit à l'endroit précis où s'était tenue la soucoupe, se pencha sur la terre. Les herbes n'étaient pas pliées un brin, ne sentaient ni l'essence, ni le gaz, ni rien.

– C'est du propre boulot, apprécia le Glaude rêveur en regagnant son logis.

Le Bombé était toujours planté un pied en l'air sur le chemin. Avant d'ouvrir sa porte, Ratinier lui lança un dernier coup d'œil, le vit alors s'animer comme sous l'effet d'un coup de baguette magique, reposer le pied sur le gravier et l'entendit reprendre exactement ses cris où il les avait laissés tout à l'heure :

– Le Glaude ! Y a une soucoupe dans ton champ ! Je te dis qu'y a une soucoupe derrière chez toi !

Ratinier fit, bourru :

– Gueule pas comme ça. Qui que tu me chantes avec ta soucoupe ! Quelle soucoupe, d'abord ?

Le Bombé trépignait, essoufflé, dans tous ses états :

– Volante ! Une soucoupe volante ! T'en as quand même bien écouté causer, des soucoupes !

Ratinier eut le plaisir, pendant que le Bombé reprenait haleine, d'entendre son horloge sonner les deux coups de deux heures. Ce qui prouvait que tout était redevenu comme avant, qu'elle avait même refait son retard. Il haussa les épaules :

– Pauvre andouille. Ça existe pas, les soucoupes

Chérasse ricana :

– Combien que tu paries? Un litre?

– Trois.

– Trois si tu veux! Tope! Allez, tope là!

Le Glaude lui tapa dans la paume. Volubile, Cicisse reprit :

– J'avais envie de pisser. Comme ça faisait beau, je me suis dit : « Va donc pisser dehors, ça te changera un peu du pot de chambre. » Je sors, et qui que je vois? Une soucoupe dans ton champ! Ça m'a coupé l'envie et j'ai couru chez toi pour te réveiller!

– Je suis réveillé. Moi aussi, je suis sorti pisser, avec la canadienne sur le dos. Et j'ai point vu de soucoupe.

Sûr de lui, le Bombé l'attrapa par la manche :

– Viens! Mais viens donc!

Le Glaude se laissa haler. Chérasse mit un doigt sur ses lèvres :

– Mais ne faisons pas trop de boucan! Si ça se trouve, y a peut-être des gars avec un rayon de la mort, ou du désherbant, dans la soucoupe.

Ils passèrent le pignon de la maison de Ratinier. Celui-ci étendit les bras vers son champ vide :

– Et alors? Où qu'elle est, ta soucoupe?

Le Bombé demeura bouche bée pendant que l'autre le secouait tout en se retenant de rire :

– Et alors? Tu me la montres?

Cicisse bredouilla :

– Elle y est plus...

– Ça, j'y vois, qu'elle y est plus. Je vais même te dire pourquoi.

– Pourquoi?

– Parce qu'elle y a jamais été, pardi!

– Mais je l'ai vue! De mes yeux! Elle a dû s'envoler pendant qu'on radotait chez toi au lieu de cavaler!

– T'as fait un cauchemar, et voilà tout. Ça arrive. De quoi que t'as soupé, hier?

– D'un pied de porc, souffla Chérasse désarçonné.

– Y a pas plus lourd pour l'estomac. Ta soucoupe, c'est un pied de porc.

– Ben toi, t'en as la tête du porc! enragea le Bombé. Tiens, ma soucoupe, elle était blanche comme du chrome, même qu'elle devait bien faire trois, quatre mètres de tour!

– Oh! ça coûte rien de le dire, ça coûte encore moins d'y inventer.

– Tu ne me crois pas?

– Ça non! Surtout pas! Ça serait pas un bien bon service à te rendre. Où que tu vas?

– Je vas voir les traces. Y a sûrement des traces. Le Bombé trottinait dans le champ, s'arrêtait, repartait, éclairé par la lune. Appuyé à la barrière, le Glaude se mordait les moustaches pour ne pas éclater à la vue de ce caleçon long zigzaguant de long en large sur son terrain. « La Denrée serait heureux de le voir faire! », se dit-il. Il n'y tint plus et se mit à pouffer. Là-bas, la voix du Bombé s'acidifia :

– Et ça te fait rire, vieux marteau!

– Plutôt, vieux affreux! Qui que t'as trouvé?

– Rien.

– Ça m'étonne!

Chérasse rebroussa chemin, dépité, répéta .

– Rien. Elle était pourtant là! Là! Au beau milieu! Faut croire que ça part plus vite qu'un perdreau. J'y oublierai jamais de ma vie.

– Tu ferais pourtant mieux. Enfin, quoi, Cicisse, moi aussi j'étais dehors. Si tu l'as vue, je l'aurais vue.

– Pas forcé, elle était derrière ta baraque.

Le Glaude devint sévère :

– Cette fois, mon petit Cicisse, y a pas, c'est décidé, tu bois trop. On commence par voir des soucoupes, et puis on finit par voir des rats se balader sur l'édredon, comme le Dudusse Pouriaux qu'est mort avec du delirium partout jusque dans les doigts de pied.

– Fous m'la paix, j'avais bu pas plus qu'à l'ordinaire, grogna Chérasse crucifié sur tous les fils de fer barbelé du canton.

Ratinier bâilla, s'étira :

– C'est pas tout ça, je me recouche. Je vas pas passer la nuit comme toi à galoper les Martiens. Et t'oublieras pas que tu me dois trois litres.

Cicisse frappa le sol de ses deux pantoufles, boursouflé de colère :

– Trois litres de pisse, oui, que t'auras ! Ça compte pas, le marché, pisque je l'ai vue comme je te vois !

– Et comment que tu me vois ? Double ?

Le Glaude laissa son compagnon hagard égrener dans la nuit d'atroces flambées de jurons. Il lui cria encore avant de s'enfermer chez lui :

– T'es qu'un mauvais joueur, le Bombé ! Et qu'un soûlaud ! Si tu retrouves ta soucoupe, tu mettras un peu de lait dedans et tu la donneras à Bonnot !

Sa montre et son horloge marchaient comme si la Denrée n'était jamais venu, comme si la Denrée n'existait pas. Mais il y avait un rond dépourvu de poussière sur l'étagère, à l'endroit où avait été posée pendant des années la douille d'obus de l'oncle Baptiste, la douille qui, à la minute même, devait se désintégrer comme soupe aux choux dans les entrailles de la soucoupe.

Une soucoupe, oui le Bombé, qui brillait comme du chrome et qui devait bien mesurer, oui le Bombé, ses trois ou quatre mètres de circonférence...

Chapitre 6.

Des coups de fusil réveillèrent le Glaude, qui pensa que le vieux Blaise Rubiaux reprenait sa croisade contre les Schopenhauer et repassait derechef soit la Marne, soit la Somme.

« Nous brise les sabots, le glorieux aîné ! », se dit-il en s'habillant promptement avant de surgir sur le chemin. Un coup de feu claqua encore, à proximité de la maison de Chérasse. Intrigué, Ratinier se rendit chez son voisin et le vit, l'arme à la main, tourner autour de sa bicoque en lâchant de temps à autre sa poudre au ciel bleu.

– Ça y est, gronda le Glaude inquiet, l'est tombé fin brelot, vont me l'embarquer à Yzeure chez les bredignots.

Il s'approcha jusqu'à ce que le tireur l'aperçût. Celui-ci mit son vieux flingot à chiens à la bretelle.

– Cicisse, c'est toi qui fais ce raffut? T'as vu un capucin dans les arbres?

– Non. C'est pour me protéger, et toi avec, contre les maléfices.

Ce propos ne dérida pas le Glaude :

– Les maléfices?

– Parfaitement. Y a du maléfice plein le secteur postal. Alors je fais comme mon grand-père Gaston faisait dès qu'il y avait du louche chez lui. Il décrochait le fusil à broche et pan pan sur les maléfices, qu'avaient plus qu'à rentrer chez eux. On dirait pas que t'es bourbonnais. Ça se pratiquait, dans le temps.

– Si ça se pratique plus, y a peut-être une raison.

Le Bombé ricana :

– Y a peut-être une raison aussi pour qu'y ait plus de chevaux? Plus de puits? Plus de bistrot au bourg? Plus de lavoir? Tu vas peut-être virer comme les autres fainéants? T'acheter une auto et la télé?

Il rentra chez lui, en ressortit aussitôt, débarrassé de sa pétoire mais porteur d'une bouteille emplie d'un liquide transparent. Le Glaude se détendit :

– Ah! j'aime mieux ça, paie-nous donc une petite goutte.

Sans un mot, le Bombé lui tendit le flacon, qu'emboucha Ratinier sans coup férir afin d'avaler une gorgée qu'il recracha en tempêtant :

– Saligaud! C'est de la flotte!

Sans un sourire, Chérasse reprit son bien :

– T'as voulu y goûter, tu y as goûté, moi je t'en offrais pas. C'est de l'eau bénite.

– C'est pas plus tortillable que l'ordinaire, ton super, bougonna le Glaude en s'essuyant les lèvres.

– C'est pas fait pour y siffler comme un canon. C'est fait pour chasser les esprits. Pour ça, faut que j'y répande, comme faisait le grand-père Gaston, autour des bâtiments et du tas de fumier.

Il fit ce qu'il avait dit, revint peu après la bouteille aux trois quarts vide à la main, soupira, content de lui :

– Et voilà ! Je leur en ai foutu une sacrée giclée, aux arsouilles qui m'ont jeté un sort. Si elle revient, la soucoupe, elle s'écrasera dans le pré comme une bouse, aussi vrai que la Vierge c'était pas une Marie-couche-toi-là !

Le Glaude hocha une tête pesante :

– Mon pauvre Cicisse, tu commences à plus tourner rond. Les bondieuseries, la soucoupe, ça fait beaucoup. Tu vas déborder de partout comme une soupe qu'on a oubliée sur le feu.

Le Bombé s'attrista :

– Eh bien, moi, ça me fait malice que tu me croies pas, pour la soucoupe. Si les amis me croient pas, qui c'est qui me croira ? Tiens, tu veux une preuve qu'y avait plus rien de normal, cette nuit ? Quand la soucoupe est arrivée, ma montre s'est arrêtée.

– T'en veux une autre ? Pas la mienne. D'abord, pourquoi que les montres s'arrêteraient sous prétexte qu'y aurait une soucoupe dans le coin ?

Chérasse ricana de nouveau :

– T'apprenais rien à l'école, le Glaude. Rien de rien. T'as eu ton certificat qu'en copiant sur le grand Louis Quatresous. Les soucoupes, y a pas plus magnétique, même l'Amélie Poulangeard t'y dirait.

– Faudrait d'abord qu'y en ait.

– Y a des tas de savants qu'en ont vu. Bien sûr, ça risque pas de t'arriver. Faut avoir des capacités.

Vexé, le Glaude murmura :

– C'est pas vrai, que j'ai copié sur le grand Louis Quatresous...

– En tout cas, ça se disait en 1922. Bon, c'est pas tout ça, faut que j'aille faire mon devoir.

– T'as un devoir à faire? proféra Ratinier sidéré.

– Pas un devoir d'école, ahuri. Mon devoir de citoyen. Faut que je descende à la gendarmerie faire mon rapport aux autorités, rapport à la soucoupe.

Il tourna un dos sans réplique à son voisin, enfourcha sa vieille bicyclette aux pneus à demi dégonflés et s'élança à cinq à l'heure sur le chemin sablonneux malaisé.

Planté là sans façon, le Glaude s'assit sur la margelle du puits. N'aurait-il pas dû avouer au Bombé qu'il avait raison, pour la soucoupe, et qu'elles existaient en chair et en os, enfin presque? Et puis non, décidément non. Si la Denrée avait endormi le Bombé, c'est qu'il s'en méfiait comme d'un loir dans un panier de poires. Et il n'avait pas tort. Le Bombé était un type incapable de garder un secret, pas comme lui, Ratinier. Cicisse, surtout avec un canon de trop – à savoir du matin au soir – aurait été gueuler partout qu'il était copain comme cochon avec un Martien, cul et chemise, même, et la Denrée ne serait jamais revenu, contrarié par une publicité qu'il ne recherchait pas. Et Ratinier espérait bien qu'il reviendrait manger sa soupe une de ces quatre nuits. La Denrée avait élu sa maison entre des milliers de maisons, il ne serait pas trahi en cette demeure. Il y serait toujours chez lui.

Le Glaude se releva, se dirigea vers son jardin pour y

cueillir un chou. Un beau. Digne des lois de l'hospitalité. Mais, des cinquante-huit ans plus tard, un remords tenaillait encore Ratinier au ventre. Oui, il avait copié sur le grand Louis Quatresous. Qui avait encore pu aller cafarder ce vieux crime, cet ineffaçable forfait au Bombé?

Chérasse pédalait, souquant ferme sur les pédales. Il attendait de ce voyage honneurs et considération. Il serait celui qui a vu une soucoupe, et ce n'était pas courant dans un département où il ne se passait pas grand-chose depuis que monsieur le maréchal Pétain en était parti. Les journalistes de *La Montagne* et ceux de *La Tribune* viendraient le faire causer et le prendre en photo.

– J'étais sorti de chez moi pour pisser, soliloquait le Bombé en pleine répétition, non, pisser, ça se dit pas, c'est un gros mot... Bref, j'étais sorti de chez moi pour un besoin pressant... Oui, ça, ça va, besoin pressant, même les bonnes femmes peuvent y dire... quand j'ai vu une soucoupe dans le champ de mon voisin, qu'a rien vu, lui. Pourquoi qu'il a rien vu? Je voudrais pas en dire de mal, c'est un bon voisin, mais y voit clair comme un âne vieux, et c'est bien connu dans le pays qu'il est porté sur la chopine...

Le Bombé tressauta de rire sur sa selle. Ça, ça serait rigolo de faire passer, en supplément du reste, le Glaude pour une andouille! Cicisse en roula sur l'herbe, faillit plonger dans un fossé. Il rattrapa cette embardée due à la joie, se hâta de plus belle, rasé de près par des autos qui s'amusaient à effrayer un pauvre vieux grimpé sur un pauvre vieux vélo. Tout cela changerait, on le respecterait partout dans l'Allier quand on saurait qu'il était l'homme qui avait vu une soucoupe volante comme d'autres voient un autocar. Et il leur raconterait encore sa soucoupe, encore et encore, autant de fois qu'il le faudrait, jusqu'à la fin des temps.

Pour être remarqué, dans les bistrots, il l'avait bien remarqué, il fallait toujours avoir quelque chose à raconter aux gens, sans ça personne n'allait s'installer à votre table, et on y demeurait seul, toujours. Lui, il aurait la soucoupe. Toujours.

Il atteignit enfin la gendarmerie, pénétra dans les locaux, demanda à voir le brigadier. Un gendarme déférent l'introduisit dans le bureau du gradé. Le brigadier l'invita à s'asseoir, puis le fixa d'un drôle d'air avant de lancer :

– Je vous attendais, monsieur Chérasse.

Cicisse, futé, lui répondit sur le même ton plaisant :

– Et pourquoi donc, monsieur le brigadier?

L'autre se renversa sur le dossier de sa chaise :

– Parce que je sais pourquoi vous venez.

– Oh! oh! ça m'étonnerait! persifla le Bombé qui, une fois n'était pas coutume, buvait du petit lait.

– Ça m'étonnerait que ça m'étonne, monsieur Chérasse. Cette nuit, à une heure du matin, une habitante du hameau des Gourdiflots, qui ressentait un besoin pressant, est sortie de chez elle et a vu une soucoupe volante dans le ciel.

– Ah? grogna le Bombé déçu de n'avoir pas été le seul et unique témoin du phénomène.

– Cette habitante, poursuivit l'impitoyable brigadier Coussinet, a nom Amélie Poulangeard et est, comme vous avez pu vous en rendre compte, ce qu'on appelle une demeurée.

– Pour sûr, pouffa Cicisse, elle est bredine jusqu'à l'os.

– Ses fils m'ont téléphoné il n'y a pas longtemps pour m'apprendre l'heureuse nouvelle et me prier de ne prêter aucun crédit à l'information si jamais elle parvenait à mes oreilles.

– Y z'ont bien fait, opina le Bombé rasséréné.

– Alors, monsieur Chérasse, vous saisissez à présent pourquoi je vous attendais ?

– Ma foi non !...

– Eh bien, voilà. Si une innocente voit une soucoupe, il paraît évident que, juste à côté de là, un poivrot patenté va s'empresser de voir lui aussi une soucoupe. Par hasard, n'auriez-vous pas vu une soucoupe, monsieur Chérasse ?

Froissé par le terme odieux de poivrot, le Bombé se rebiffa :

– Justement si ! Parfaitement ! A une heure du matin. Exactement une heure moins deux.

– J'en suis content. Cette brave soucoupe a fait coup double ! Vous pouvez disposer, monsieur Chérasse.

– Comment ça que je peux disposer ! Je veux déposer !

– Non, monsieur Chérasse, non. Je n'ai pas de temps à perdre avec les hallucinés de tout poil. L'État ne me paie pas à recueillir pieusement les extravagances de tous les idiots ou assimilés du canton. La gendarmerie nationale est habilitée à rassembler tous les renseignements concernant les objets volants non identifiés et les extra-terrestres, mais pas à se pencher sur les délires des pochards locaux, soiffards dont vous êtes, sans vous flatter, l'un des représentants les plus éminents, monsieur Chérasse. Au revoir, monsieur Chérasse. Ah ! dites-moi, votre soucoupe a-t-elle laissé des traces dans l'herbe ?

– Non..., avoua piteusement le Bombé.

– Je m'en doutais aussi. Apprenez, monsieur Chérasse, qu'une soucoupe officielle, admise, reconnue par la Sécurité sociale et la gendarmerie, *doit* obligatoirement déposer sur le sol des indices formels tels qu'une odeur de térébenthine, par exemple, ou, mieux encore, un rond d'herbe brûlée. Là-dessus, allez boire à ma santé, et vite!

Le Bombé n'eut pas davantage le loisir de protester de sa bonne foi ou de jurer le nom de Dieu. Le gendarme qui l'avait introduit le jeta au-dehors sans même les ménagements dus à son âge. Ainsi chassé comme un souillon, Chérasse n'eut d'autre ressource que d'aller noyer son chagrin à l'*Hôtel de France,* tenu par une fille du pays, l'accorte Aimée. Il n'avait pas encore attaqué sa deuxième chopine, ruminant le nez dans son verre ses rancœurs et ses désillusions, que déjà le bruit de ses malheurs se répandait dans le café.

– Comme ça, le père, fit l'Aimée en se pinçant les lèvres, paraît que vous avez vu une soucoupe volante?

– Oui ma mignonne, grogna le Bombé. Aussi vrai que je vois cette chopine.

– Elle avait-y des rayures, ou des pois?

– Mais non! Elle était unie. Et polie, tiens, comme ce seau à champagne.

– Elle était polie, la soucoupe, commenta l'Aimée pour des consommateurs assis non loin de Cicisse.

– Trop polie pour être honnête! beugla le jeune Sourdot, qui était menuisier, pas bien fin, et buvait que c'en était pas permis. Le bistrot croula sous les rires de tous ces ivrognes, et le Bombé sentit son cœur se fêler. Il savait, dès cette seconde, qu'il ne pourrait plus remettre les pieds à Jaligny sans entendre parler à tue tête de la soucoupe, que les gosses lui courraient après dans les rues en lui demandant des nouvelles de sa soucoupe, qu'il ne serait plus, et jusqu'à sa mort, que « le père Soucoupe ».

Il termina sa chopine avant de s'esbigner le sabot lourd et l'âme *idem.* On pouffait dans son dos, on se tapait sur les cuisses, et tout cela, ce fracas de gorges chaudes, cette explosion de moqueries, il l'entendait encore à trois kilomètres de là pendant qu'il pédalait lentement, humilié et vaincu.

– Soucoupe ! Soucoupe ! V'là la soucoupe ! A la bonne soucoupe ! En voulez-vous des soucoupes !

Et quelque chose de mouillé tomba sur le guidon du père Soucoupe.

Chapitre 7.

Il ne manquait, pour qu'il fût beau, qu'un sucre ou deux au matin. Le Glaude était venu à pied, un géranium en pot enveloppé dans une feuille de journal. Il poussa la grille du cimetière, se dirigea vers la tombe de la Francine. Il ne s'y rendait pas souvent. Il y faisait trop de mauvaises rencontres. Hormis le Bombé, tous ses amis croupissaient là, en rang d'oignons. Ses ennemis aussi, pour être juste. L'ancien sabotier embrassa du regard la totalité de ce qui avait été sa fidèle clientèle. Tous ceux-là, qui étaient morts, l'avaient fait vivre. C'était pour ce motif qu'il ôtait sa casquette en entrant, la tenant sous son bras.

Contre le mur, il y avait l'enclos où s'alignaient les caveaux de la famille de M. Raymond du Genêt, le châtelain. Des chaînes rouillées séparaient les du Genêt des manants, les serviettes des torchons.

Le Glaude posa son pot sur la Francine et, ne sachant où balancer sa feuille de journal sans offenser les défunts, la roula en boule, la fourra dans une des poches de son pantalon de velours. Des oiseaux pépiaient çà et là. On n'osait pas encore les tirer ici. Un jour, le Glaude reviendrait en ce lieu autrement que sur ses deux sabots, et il n'y aurait pas grand monde pour l'accompagner. Le maire, de corvée, quelques anciens prisonniers et leur drapeau. Et tout serait fini pour lui.

– C'est pour toi, la Francine, murmura-t-il. Un beau géranium. A part ça, rien de neuf. Qui que tu veux qu'y ait de neuf. Ça va, vient. Quand ça va pas, faut bien y faire aller. Ah, si, y a un Martien qu'est venu à la maison. Non, non, j'avais pas bu. Depuis que t'es défunte, j'ai pas bu un seul canon.

Il s'ennuyait. Il soupira.

– Bon, ben, la Francine, à un de ces autres matins...

Comme il avait la tête ailleurs, il faillit lâcher : « Amuse-toi bien » avant de rebrousser précipitamment chemin.

Sur la route du bourg, il repensa à la Denrée qui n'était pas revenu, bien qu'il l'eût attendu depuis déjà trois nuits, trois nuits où il avait mal dormi à cause de lui. La Denrée avait dû avoir un accident. Ou bien c'est qu'il habitait encore plus loin que ne se l'imaginait le Glaude. C'était peut-être au diable, sa planète, derrière la Lune. A cause de lui toujours, ou du moins de celle de sa soucoupe, le Bombé dépérissait, se caillait les sangs, ne causait plus que du bout des lèvres, ne jouait plus de l'accordéon. Les gendarmes n'avaient même pas eu la politesse de monter aux Gourdiflots pour jeter un œil sur le champ. Ils avaient définitivement auréolé

Cicisse d'une soucoupe du plus fâcheux effet, et Cicisse en souffrait en silence, ce qui est le plus mauvais aspect du tourment. Depuis qu'au village on n'allait plus à confesse, on gardait toute la canaillerie en soi, comme des humeurs, et ce n'était pas bon pour la santé si c'était bon pour le docteur.

Le Glaude traversa lentement le bourg. La croix de planches sur la porte de son échoppe fermée pour cause de sabots de caoutchouc était sa croix à lui, et il évitait de la regarder. Sur la place, autrefois, il y avait de vieux marronniers, et qui donnaient de la bonne ombre en été, des marrons en automne, que tous les gamins, y compris le petit Ratinier, s'étaient envoyés à la figure à coups de lance-pierres. On avait coupé les marronniers, on ne savait plus bien pourquoi depuis le temps, et il n'y avait plus d'ombre ni de marrons. Sur la place, on avait démoli les anciennes maisons bourbonnaises, on en avait construit des neuves qui ne voulaient plus rien dire.

Le Glaude passait là entre deux haies de souvenirs qui n'intéressaient plus guère que lui. Il passa ainsi devant la forge muette, bouffée de rouille, ensevelie sous les ronces. Il y revoyait comme si c'était d'hier le Pierre Tampon en tablier de cuir et les bras nus, debout comme un dieu dans son vacarme et dans ses étincelles. C'était un de ses conscrits, le Pierre. Qu'on prononçait « Piarre », chez eux.

Quand il allait au café avec une de ses pratiques, le Piarre réglait la première chopine de blanc avant même qu'elle n'arrivât sur la table. Si son compagnon tardait à commander la seconde, le Piarre le toisait sans aménité et grommelait sourdement :

– T'as pas un timbre, pour faire réponse ?

Cela sur un ton qui n'autorisait aucune dérobade. On avait dit que tous ces petits blancs avaient tué le Piarre Tampon. Le Glaude, qui l'avait bien connu, était bien sûr, lui, que ce n'était pas vrai. Que c'était le chagrin qui l'avait expédié, le Piarre, quand il avait dû boucler sa forge. C'était par hypocrisie qu'on ne le disait pas. Mais il l'avait bien vu, lui, Ratinier, traînailler sur la place un an ou deux, à donner des petits coups de pied dans les cailloux comme un gosse qui ne sait pas quoi faire de son corps.

Sur l'emplacement de la forge, la commune comptait édifier un foyer des jeunes. « J'y vois bien, songeait le Glaude, que ça sert à rien d'y regretter le vieux temps, j'y vois bien qu'on doit laisser la place aux jeunes, mais où qu'y sont, les jeunes ? J'en vois plus. Y vivent plus ici. Y partent le matin pour revenir le soir, quand y s'en vont pas pour de bon à la ville... » Tant pis. Jeunes ou pas, le village aurait son foyer des jeunes comme tout le monde.

Ce fut avec soulagement que Ratinier laissa le bourg derrière lui. Après, c'était au moins la campagne, au moins la vie et au moins le printemps. Des fleurs, des bêtes, des cultures. Et même des orties, et même un escargot qu'on ne ramassait plus depuis qu'on les vendait en boîtes. Certes, la route était à présent goudronnée. Tout était goudronné. Les gens avec.

Quand elle ne l'était pas, on plantait en terre avec un clou une pièce de cinq sous percée, et on se cachait derrière une haie dès que l'arrivée de la mère Fouillon était signalée. C'était une de ces vieilles avares dont on disait qu'elles avaient un porte-monnaie en « peau d'hérisson ». A la vue de la pièce, la mère Fouillon jetait un regard de pie voleuse autour d'elle, se penchait plus vive qu'une vipère pour l'empocher. Elle n'y parvenait pas, stupéfiée, s'obstinait, et toutes les aubépines éclataient de rire, et la vieille menaçait le ciel de son bâton. La pièce, le Piarre s'amusait parfois à la chauffer au rouge, pour corser le spectacle.

A l'époque, les vélos qu'on laissait à la porte du bistrot se retrouvaient fréquemment suspendus au faîte des poteaux électriques. On se jouait des farces comme d'enduire de fumier, ou pis encore, les manches des brouettes, ce qui portait la joie des assistants à des sommets à tout jamais perdus. Le Glaude en tressautait d'aise tout seul en se rappelant tous ces tours. Aujourd'hui, on préférait, pour s'amuser, tout casser, tout démolir, tout dévorer, tout pirater, et le Glaude n'y comprenait plus rien, qui n'était plus, il est vrai, qu'une vieille noix.

En arrivant chez lui, il aperçut, dans son champ, la silhouette de son voisin. Le chapeau sur les yeux, les mains dans les poches, le Bombé était planté sur l'emplacement présumé de l'atterrissage de la soucoupe, en recherchait toujours pistes et voies à la façon d'un piqueur.

– Ho, Cicisse!

Chérasse se retourna, vint à lui en traînant les sabots comme le font les ânes en peine.

– Tu peux pas penser à autre chose, non?

– Non.

– Ça te mine.

– Oui, ça me mine. J'ai l'air d'un con dans tout Jaligny.

– Tu l'avais déjà.

– Ça se peut, mais maintenant ils ont de bonnes raisons, les méchants.

Ratinier en eut pitié :

– Cicisse, tu veux que je leur dise que je l'ai vue, moi aussi, la soucoupe? Comme ça, on sera deux à passer pour des cornichons.

– T'es bien gentil, soupira Chérasse, c'est pas la peine, mais t'es bien brave quand même.

– Allez, viens boire un canon.

– D'accord. Après, j'irai me pendre.

Le Glaude en eut un haut-le-corps. Il y avait en Bourbonnais une solide tradition du suicide par pendaison. D'après les statistiques, cette province tenait la corde et le pompon pour cette pratique. Ici, on se pendait pour un oui pour un non, dans les granges, les vergers ou les caves, tous azimuts. Un camionneur avait même découvert un pervers pendu à son volant. Voici peu, le père Jean Noyau, dit la Cerise, dit la Pêche et autres noms de fruits, s'était branché à son pommier, arbre qui n'avait du moins produit, à ses yeux, que des pépins. Dans son cas, un détail avait intrigué tout le village. Le matin, le père Noyau s'était rendu à l'épicerie pour y acheter de la graine de radis de Sézanne. L'après-midi, il s'était pendu sans plus se soucier de ses radis. On en avait conclu qu'il avait été pris d'une subite inspiration et, qu'ainsi qu'on l'avait dit en 1525 à Lapalisse[1] à dix-huit kilomètres de là, il avait préféré la mort à la vie. Bref, on ne badinait pas, dans l'Allier, avec toutes les formes de gibets ou de potences, et si le Glaude s'alarma

1. Et non pas La Palice, comme il est dit dans le Larousse. Jacques II de Chabannes, mort à Pavie, était seigneur de *Lapalisse. (N. de l'A.)*

tout de go, ce ne fut pas sans motif valable, lui qui avait tant vu de langues malpoliment tirées aux dépendeurs d'andouilles :

– Tu vas pas te pendre, Cicisse!

– Si! Pour emmerder les gendarmes et la maréchaussée. Et je laisserai un mot d'écrit pour dire que c'est une bavure de leur faute, vu qu'y z'y aiment pas, les bavures. Parfaitement, que je baverai sur eux, du haut de ma ficelle, et tant que ça peut! Y sera bien attrapé, Coussinet!

– Et toi, alors, qui seras péri!

Chérasse fit, désinvolte :

– Mon loulou, mieux vaut la mort que le déshonneur. C'est marqué dans toutes les Histoires de France. Si t'avais pas eu des zéros partout là-dedans comme ailleurs, t'y saurais comme moi, qu'avais que des bonnes notes.

Il ajouta, cruel :

– Y avait que le grand Louis Quatresous pour avoir les mêmes, tu dois bien t'en rappeler, toi!

Le Glaude se revit en clair en train de copier sur le grand Louis Quatresous, en frissonna d'épouvante rétrospective et, se sentant infâme, se moucha bruyamment. Il geignit, piteux :

– T'as pas le droit de te supprimer, Francis. T'as de la famille, des voisins, des amis, et je suis tout ça à moi tout seul.

C'était la première fois que le Glaude appelait Cicisse par la totalité de son prénom, et cette nouveauté attendrit le Bombé :

– Tu penses bien qu'à toi! Moi, que je souffre le martyre, tu t'en fous. Ce que tu veux, c'est conserver ton bouffon, ton esclave, et rigoler dans ma bosse parce que j'ai vu une soucoupe!

– Mais j'y crois, que t'as vu une soucoupe! Je fais que ça!

– L'autre jour, tu me croyais pas.

– L'autre jour, tu voulais pas t'accrocher à une poutre comme un jambon! Ça donne à réfléchir.

Le Bombé réfléchit à son tour :

– Bon, je vais voir. Mais je te promets rien. T'avais pas parlé d'un canon?

Ils se rendirent chez Ratinier qui descendit à la cave, en ramena un litre. Le Glaude but, s'extasia :

– Goûte-moi ça si c'est frais, que ça tombe dans la gorge comme la rosée dans les fleurs!

– Oui...

– C'est pas au cimetière qu'on s'en envoie du même! J'en reviens. J'avais l'impression d'entendre tous les vieux gars qui sont dedans, les Ressot, les Rimbert, les Perrot, les Mouton me réclamer : « Le Glaude, un canon! Le Glaude, un canon!... » Ça doit sacrément leur manquer...

– Oui...

– Je suis passé aussi devant la tombe du père Noyau. Y pousse que des chardons, dessus. Pas un coquelicot. Une tombe de maudit. Sûr que le Bon Dieu lui fait la gueule, au père Noyau. J'étais un de ceux qui l'ont dépendu, le pauvre vieux. L'était pas beau à voir. Tout noir qu'il était, comme un boulet de charbon. Des yeux de hibou. Une langue qu'on aurait dit une langue de veau à la charcuterie. Ça avait pas dû être aussi facile qu'il le pensait, de périr. On voyait quel supplice il avait enduré, le misérable. Bref, il était si vilain qu'on lui a collé tout de suite un sac sur la tête, on pouvait pas y supporter. Bois un coup, Cicisse.

– Oui..., bredouilla faiblement le Bombé en vidant avec peine son verre de rouge.

Le Glaude, qui avait englouti le sien, alla sur le pas de sa porte, s'exclama, enjoué :

– Cette fois, y a pas, c'est bien le printemps. Je voudrais bien encore en vivre une dizaine de cet acabit ! Et j'espère bien y arriver ! C'est toujours pas moi que je me détruirais comme le père Noyau. Ça se produira bien assez tôt sans que j'y prête la main. Là-dessus, je vas au jardin. Ça doit péter de partout, là-dedans. Les légumes sont sûrement heureux comme des rois !

Il s'éloigna un panier à la main, laissant derrière lui un désespéré méditatif qui se servit avec lenteur un second canon. Le chou cueilli l'autre jour, défraîchi, n'était plus digne de la Denrée. Le Glaude en choisit un autre, pommé à souhait, en retira les premières feuilles, les balança sur le fumier. Le soleil était doux aux vieux os d'un Ratinier qui entendait le Bombé scier du bois. Le Glaude sourit. Scier du bois, c'était un projet d'avenir. Il se rembrunit en songeant aux radis du père Noyau. N'étaient-ils pas, eux aussi, porteurs d'espérances ?

De tout temps, le Glaude avait vu sa grand-mère, sa mère, sa femme, préparer la soupe aux choux. Il en savait quasiment de naissance la recette, l'exécutait sans avoir même à y penser. Il lava le chou cabus, lui enleva ses côtes, lui coupa le cœur en quatre, fit blanchir le tout pendant cinq minutes, laps de temps qu'il mit à profit pour balayer sa maisonnée. Si la Denrée devait revenir, il convenait de le recevoir avec les honneurs dus à un pilote de soucoupe de son envergure et qu'il ne trouvât rien à redire, par exemple, à la propreté du carrelage. On avait beau n'être capable que de conduire une bicyclette, on n'en avait pas moins sa petite fierté.

D'un geste auguste, il expédia à la volée les balayures au-dehors. Les poules y dénichaient toujours quelques miettes. Il revint à son frichti, déposa le chou dans un faitout, y joignit quatre pommes de terre épluchées, un oignon, deux carottes, les couvrit largement d'eau bouillante. Il ajouta un peu de sel, une branche de thym, trois grains de poivre, et, parce que cela tuait le ver et qu'il n'y a pas plus dangereux que le ver sur la terre à part le coup de froid, une gousse d'ail. Ceux de la ville, qui sont tous bureaucrates et se parlent sous le nez, n'en auraient pas mis, d'ail. Mais ceux de la ville, à cause de tous leurs chichis, n'avaient pas de santé, tombaient comme des mouches dans leurs rues et leurs boulevards. Le Glaude préférait sentir l'ail que d'empester le cholestérol, l'artériosclérose et autres maladies perfides qui courent les métros et les autobus.

Il couvrit le faitout d'un couvercle, l'abandonna sur sa fidèle cuisinière de fonte noire. Après trois quarts d'heure de cuisson à feu moyen, il retirerait sa soupe, non sans l'avoir goûtée. Il ne s'occuperait des lardons qu'au dernier moment, lorsque la Denrée serait là, assis sur cette chaise.

– Voilà une bonne chose de faite ! déclara-t-il en enlevant son tablier de jardinier qui lui tenait également lieu, à l'occasion, de cordon bleu.

Le Glaude prêta l'oreille. Chérasse ne sciait plus N'était-il pas, ce silence, de mort ? Ratinier se hâta vers la maison de Cicisse. Il ne l'aperçut pas et brailla .

– Ho, le Bombé ! Qui que tu trafiques ?

Il le découvrit en train d'écosser des haricots dans la grange.

– Tu pourrais me répondre, quand je t'appelle!

Cette fripouille de Chérasse ricana :

– C'était pour que tu te fasses du souci. Pour que tu me croies tout noir comme un boulet de charbon au bout d'une corde.

– Tu mériterais une calotte, espèce de saltimbanque!

Le sournois soupira, une larme providentielle à l'œil :

– Toi qu'es presque mon frère, tu me battrais? Tu me battrais comme les gendarmes m'ont battu?

Le Glaude bondit :

– Y t'ont battu, les gendarmes?

– Comme plâtre! pleurnicha Cicisse. T'y sais bien, qu'y battent tout le monde, même qu'y touchent des primes pour ça. Oui, mon Glaude, y z'ont pas hésité à frapper un diminué physique!

– Nom de Dieu, tonna Ratinier, je vas aller en causer au maire pour qu'il en cause au préfet!

– Fais pas ça! fit l'autre avec vivacité.

Il ajouta, grandiose :

– Je leur pardonne! Ils ne savent pas ce qu'ils font. Moi, je suis un type du genre de ceux qui tendent l'autre joue. D'abord, ça va plus vite, et après ça les humilie, les bourreaux. Y z'y pensent la nuit, ça les empêche de dormir, et y mordent leur oreiller en poussant des cris de bêtes.

Le Glaude comprit que Cicisse inventait encore des âneries pour se rendre intéressant. Enfant, il était pareil, il n'allait pas changer à soixante-dix ans. Avisant une corde, Ratinier s'en saisit, y fit un nœud coulant et, grimpant à l'échelle, l'arrima avec soin à une poutre avant de lâcher :

– Vas-y. Pends-toi. C'est prêt! Et tu pourras gigoter, charogne, c'est du solide!

Placide, le Bombé rétorqua :

– Pends-toi, toi. Moi, je marche pas au sifflet. Je me pendrai que quand ça m'amusera. Tu vois bien que j'écosse des pois, je peux pas tout faire.

Excédé, le Glaude se retira en proférant des insultes à l'égard des bossus qui avaient, non seulement une bosse dans le dos, mais, en supplément, le diable et son train dans le corps. La camionnette jaune des P.T.T. était devant sa porte. Par extraordinaire, le facteur ce jour-là était du pays, n'était pas un de ces étrangers que rien, ni les morts, ni les naissances, ni l'état des cultures, ni les ragots ne préoccupait. Celui-là était Guillaume, un des quatre fils du père et de la mère Aymon. Guillaume tendit *La Montagne* à Ratinier.

– Merci, mon chtit Guillaume. Entre donc boire quelque chose. J'y propose jamais à tes collègues qui viennent d'on sait pas où et qu'ont toujours le feu au cul. Toi, je t'ai vu sur le pot. Viens en vider un, mais pas du même.

Guillaume rit et suivit le vieux.

– Paraît, le Glaude, que le Bombé a vu une soucoupe?

– Marche, y verra mieux que ça, si tout va bien! Il est brelot. Naturellement, on se fout de lui partout?

– Y a ben un peu de ça...

– Y veut se pendre, à présent.

Le préposé grimaça :

– Ah! ça, c'est pas bien bon! Y en a qui le font!

– J'y sais ben...

La camionnette repartie, le Glaude retourna rapidement à la grange de Chérasse. Les haricots et Cicisse n'y étaient plus. Le Glaude resta là un instant avant de rejoindre le Bombé qui travaillait dans son jardin. Cicisse fit, hargneux :

– T'as pas fini de me surveiller, figure de peau de fesses? Tu vas bientôt me suivre aux cabinets, si ça continue!

– Je m'en fous bien, de toi! Je venais regarder tes salades. Moi, les miennes, y a les limaces qui se sont mises après.

– T'as qu'à les bouffer!

Le Glaude fit avec douceur :

– Ce que tu deviens grinche, mon pauvre Cicisse! A propos, j'ai vu le facteur, le Guillaume Aymon. Paraît qu'on parle plus que de toi, dans le canton.

Le Bombé pâlit :

– Et... qu'est-ce qu'y disent?...

– Oh! pas grand-chose. T'avais pas tort, tout à l'heure. Y racontent que t'as l'air d'un con...

Chérasse accablé se laissa choir sur son arrosoir, chuchota :

– C'est bien ce que je pensais...

– C'est pas bien grave! Mieux vaut avoir l'air d'un con que d'un moulin à vent! On tourne, d'accord, mais moins longtemps. A plus tard, Cicisse. Mais, et c'est pas pour te vanter, t'as des bien belles salades!

Ce tiède jour de mai passa comme passe une main sur un pelage de jeune chat, sur une poitrine de femme. Le Glaude ne revint pas épier le Bombé. Celui-ci s'était enfermé dans sa maison pour y jouer, à l'accordéon, des morceaux déchirants tels que *Sombre dimanche* ou la

Tristesse de Chopin. Comme il avait été enfant de chœur, il chantait aussi à tue-tête la messe des morts. Il parut peu à peu au Glaude que ces joyeusetés assoiffaient son voisin, qu'il se désaltérait fréquemment, et que sa voix gagnait en chevrotements ce qu'elle perdait en force et aussi en latin, le Bombé remplaçant au fil des heures les pieuses paroles par des atrocités de cabaret. Parfois, Chérasse interrompait son récital pour beugler des « Mort aux vaches ! » à s'en écaler la luette. En interlude, une grenouille coassait quelque part, qui s'était bronzée jusqu'au soir sur le bord de sa mare.

Assis sur l'une de ses trois marches, le Glaude soupait d'un morceau de fromage de chèvre arrosé par un verre de vin et la clarté des premières étoiles. Tout à coup Cicisse interrompit son concert, froissé sans doute par un dernier couac lugubre de son instrument. Aux aguets, Ratinier entendit s'ouvrir la porte du Bombé puis, peu après, celle de sa grange. Les mâchoires immobilisées sur son fromage, le Glaude retint sa respiration, ne la reprit que lorsqu'un bruit sourd parvint à ses oreilles, aussitôt suivi par des hurlements de douleur :

– Le Glaude ! A moi ! Au secours ! Le Glaude ! Je suis mort !

L'ancien sabotier prit le temps de vider son verre, de se lever posément, de se diriger à pas comptés vers la grange d'où provenaient toujours les cris d'un Cicisse qui s'égosillait de plus belle :

– Le Glaude ! Vieille bricole ! Me laisse pas crever ! A moi, le Glaude !

Ratinier atteignit enfin la grange, découvrit le Bombé assis sur le sol, le nœud coulant autour du cou. Le tronçon de corde rompue se balançait dans les airs sous la poutre où l'avait attachée le Glaude. Celui-ci s'étonna :

– Qu'est-ce qu'y t'arrive, le Bombé? Qui que tu fous par terre?

Cicisse livide se massait le coccyx avec circonspection ce qui ne l'empêchait pas, d'autre part, de s'exprimer avec violence :

– T'y vois bien! Je me suis détruit et la corde a lâché, toi qui disais qu'elle était solide, espèce de bon à rien! Je me suis cassé les reins comme du cristal. Je vas mourir! J'ai mal au cul! Bon Dieu que j'ai t'y mal au cul! J'ai mal au cou, aussi! Je peux plus respirer. Ça m'a fait un mal affreux dans les occiputs! J'aurais pu me tuer!

– C'est-y pas ce que tu cherchais? fit le Glaude en toute sérénité.

Le Bombé se tordit sur la paille :

– Vingt dieux que je souffre! Rigole pas, outil! Appelle les pompiers!

– Pourquoi, t'as soif?

– Putain que j'ai mal! beuglait toujours Chérasse. Ferme-moi les yeux, mon chtit Glaude. Me laisse pas périr comme si j'étais pas baptisé!

– Redresse-toi donc, au lieu de gueuler.

– J'y peux pas! larmoya Cicisse. Je suis tout brisé. Ça remue là-dedans comme quand on secoue une boîte de pointes de Paris. Je me suis même pété la bosse, je la sens plus.

– Elle est toujours là, va, n'aie pas peur, t'es pas défiguré. Donne-moi la main, que je t'aide.

– Non! Faut pas toucher aux grands blessés!

Malgré ce sage conseil et les braiments du « grand

blessé », le Glaude l'attrapa sous les aisselles et le remit debout d'autorité. Le Bombé, surpris, n'en mourut pas, ne se dispersa pas en château de cartes sur la terre battue.

– T'y vois bien, le rassura le Glaude, que t'es pas en mille morceaux.

Cicisse en convint, sans pour autant cesser de geindre :

– Ça se peut, mais qu'est-ce que j'ai mal aux fesses. Elles me sont rentrées dans le ventre!

Il regarda, là-haut, le bout de corde, fit avec aigreur :

– C'te saleté! Elle en a pourtant lié des bottes de foin!

Le Glaude, qui l'avait un peu beaucoup sciée au couteau lors de son dernier passage dans la grange, le Glaude constata :

– C'est qu'elle était trop vieille. Et pourrie. Faudra en acheter une neuve.

– Merci bien! glapit le Bombé. C'est des souffrances à se tirer une balle dans la tête! On voit bien que t'étais pas à ma place! J'aime autant me jeter dans le puits, encore que ça arrange pas les nappes phréatiques, d'y jeter des pèlerins.

Il se frottait tout le corps en gémissant de douleur. Ratinier grommela, sévère :

– Sûr que j'y étais pas, à ta place! Faudrait être marteau, pour la prendre! Qu'est-ce qui t'a pris, d'abord?

– J'y arrivais pas, à me pendre! Alors, j'ai sifflé une paire de litres pour me donner du courage. Après, ça allait mieux. Je voyais le Bon Dieu, un bon gars avec une grande barbe, et qui me disait : « Viens, mon

Francis! Monte me rejoindre et tu verras des soucoupes toute la sainte journée! Ramène-toi! »

Il tenta de marcher, grimaça de toutes ses rides :

– Tu parles d'un con, ton Bon Dieu!

– C'est pas le mien!

– Il m'a laissé tomber comme une chaussette, c't'animal, sauf que moi je me suis fait plus mal qu'une chaussette!

Les paumes collées à son arrière-train tuméfié, le Bombé s'ébranla clopin-clopant, épaulé par son compagnon. Celui-ci l'escorta jusqu'au banc, où Chérasse s'assit avec d'infinies précautions :

– Ouille, ouille, ouille, le Glaude! J'ai le cul en tranches, en rondelles, va me chercher mon oreiller.

Il installa sa croupe sur ce coussin, soupira :

– Tu sais que ça donne soif, de se cravater le col? Ça me brûle dans les poumons. C'est comme si j'avais rien bu de la semaine. Ça te dessoule mieux qu'un seau d'eau, quand tu te récupères sur le croupion à deux cents à l'heure. Sors voir un litre.

Le Glaude obéit, emplit deux verres. Ils burent, et la vie remonta aux joues du Bombé qui retrouva peu à peu son teint de vieille fille.

– Ça fait du bien, avoua Chérasse.

Neutre, Ratinier murmura :

– Dire que t'as failli y perdre! Ç'aurait pas été dommage?

– Si... j'y reconnais... On pense pas à tout...

– T'y penseras, maintenant?

– Sûr! affirma le Bombé d'une voix claire. C'est la première et la dernière fois que je meurs. Vaut encore mieux passer pour un ballot que de passer pour mort!

Il haussa les épaules, ce qui bouscula méchamment sa bosse et ses côtes meurtries :

– Après tout, j'ai ma conscience pour moi. Tant pis pour ceux qui croient à rien. Ça me suffit de l'avoir vue, ma soucoupe. Elle était belle, le Glaude. Blanche et ronde comme un fromage de vache, comme un nichon de fumelle!

Le Glaude soupira à son tour et regarda éperdument le ciel à présent criblé par tout le poivre des étoiles.

– Elle reviendra peut-être, Cicisse, marmotta-t-il.

– Ça m'étonnerait. Si j'en vois une que tous les soixante-dix ans, ça me laisse du temps à attendre!...

– Je désespère pas d'en reluquer une, moi aussi, fit le Glaude qui, les yeux fouillant le ciel, priait avec passion la Denrée de se manifester une fois encore, pourquoi pas cette nuit?...

Le Bombé persifla, fier de sa supériorité :

– Faut peut-être avoir le don, comme les guérisseurs! Ça se montre peut-être pas à n'importe qui, les soucoupes. Si ça se trouve, ça choisit son monde...

Ce ton méprisant ne choqua pas le Glaude, qui en conclut que le pendu recouvrait toute sa pugnacité. Quelque chose bougea tout à coup en Ratinier, qui l'expulsa sous la forme empreinte d'alacrité d'un pet gaillard qui fit vibrer le banc à la façon d'une contrebasse.

Le Glaude exulta, inspiré :

– On pète, Cicisse! On pète comme l'autre soir! Faut qu'on pète!

Il s'imaginait que là-haut, dans les espaces sidéraux, clignotait la boîte à mystères de la Denrée, que la Denrée percevait ses appels poignants, mettait aussitôt le cap sur la Terre... Ratinier supplia :

– Pète donc, Cicisse!

Le Bombé maugréa :

– J'en ai pas le cœur. T'iras péter, toi, avec le derrière en compote! Je t'y répète, j'ai pas le moral à rigoler. Oublie pas que j'ai été quand même traumatisé. Et te force pas comme ça, qu'y va-t-arriver un accident!

Cramoisi, le Glaude se fendit malgré tout d'un pet supplémentaire et rauque qui le laissa tout essoufflé.

Chérasse eut un petit rire poli. Ratinier comprit au silence qui suivit que le Bombé se concentrait, n'entendant pas en son orgueil, quoi qu'il en eût, abandonner sans lutte une victoire trop facile à son camarade. Ratinier n'aurait pas le dernier mot. Et le Bombé explosa soudain ainsi qu'une bombarde bouchée ou qu'un mortier saboté, si fort que toute la nuit en tressauta de stupeur et que trois pommes se détachèrent d'un pommier. Sans reprendre haleine, le Bombé craqua encore longuement tel un drap mis en pièces, emplit le ciel d'un chant désespéré. Le Glaude battit des mains comme un enfant convié à un feu d'artifice de 14 Juillet :

– T'y vois bien que tu peux, quand tu veux!

– T'es battu, fit Cicisse avec simplicité.

– Encore! Encore! Je m'en lasse pas!

– Faut être raisonnables, grinça Chérasse en attrapant le litre, c'est pas tous les jours fête. C'était seulement pour me redonner tout à fait le goût à la vie. Allez, on trinque et je me couche. Je suis moulu, vermoulu. Je vais me mettre du baume sur la couenne, y m'en reste un pot de celui que je soignais l'âne avec, même que ça le rendait bien dru quand il avait ses rhumatismes, la pauvre bête.

Le Glaude laissa l'autre se mettre au lit, s'en alla traîner dans son champ éclairé par la lune. Il porta sa montre à son oreille, espérant n'en plus entendre les battements. Hélas, elle marchait comme d'habitude. Il s'assit sur une souche. Il n'avait pas sommeil. S'il rentrait chez lui, il tournerait en rond, se poserait de chaise en chaise jusqu'à des trois heures du matin. Il se pencha, cueillit une pâquerette, l'effeuilla entre ses vieux doigts racornis par plus de cinquante ans de travail du bois. Il ne s'était pas livré depuis longtemps à cet enfantin acte de foi. Le pétale qui lui resta entre le pouce et l'index s'appelait : un peu. On pouvait aimer un peu, on ne pouvait venir un peu...

La nuit fraîchit, l'enveloppa dans sa mélancolie. Le Glaude soupira. Il était bien une foutue bête d'attendre ainsi. De plus, attendre quoi : l'arrivée d'une soucoupe !

Elle vint pourtant, une heure plus tard, alors qu'il somnolait à demi, la casquette sur le nez, les paumes sur les genoux. Elle se posa tout doucement, presque à ses pieds, comme une aigrette de pissenlit Il ouvrit les yeux, aperçut la Denrée à l'intérieur, un la Denrée vêtu comme précédemment, un la Denrée qui le fixait, son espèce de quart de sourire aux lèvres. Il se dressa d'un bond pendant que la Denrée ouvrait sa portière, sautait à terre, son tube d'une main, sa boîte à lait dans l'autre. Le Glaude, épanoui, ne cacha pas son contentement et lança :

– Tu viens rechercher de la soupe aux choux, mon cadet ? Tu tombes bien, j'en ai justement fait dans la journée, et de la bonne! Tu vas te régaler, mon loulou!

Il entrevit une sorte de malice dans l'œil de l'être de l'espace. Ratinier grommela :

– Et ça a l'air de te faire rigoler, toi, alors que ça fait des nuits et des nuits que j'attends que tu viennes me faire la conversation avec tes bruits de dindon!

La Denrée, au lieu de débiter ses glouglous d'évier qui se vide, fit en toute simplicité :

– Je suis là, monsieur Ratinier.

Le Glaude sursauta, puis s'illumina en entier, des sabots à la casquette en passant par les bretelles :

– Tu parles! Voilà que tu parles! Tu y as mis le temps, mais ça va bien nous arranger pour causer, si tu veux mon idée.

La Denrée parlait, c'était exact, mais avec un fort accent de paysan bourbonnais :

– Je viens de la planète Oxo, monsieur Ratinier. Une toute chtite planète qu'est pas sur vos cartes. Grande comme votre département de l'Allier.

– D'abord, comment que t'as appris le français depuis que t'es parti?

Pour toute réponse, la Denrée désigna la boîte à lueurs qu'il portait aujourd'hui en sautoir. Il ne pouvait guère expliquer au Glaude qu'il s'agissait là d'un genre de magnétophone hypersophistiqué, qu'il suffisait de se le brancher quelques heures sur la peau pour en extraire et assimiler toute la substance spirituelle, que cette translation nécessitait un certain laps de temps. Le Glaude fit semblant de comprendre afin de ne pas avoir l'air du dernier des cruchons. Il en prit un autre, entendu, pour grogner « Ah bon?... » avant de se retourner, inquiet. Le Bombé n'allait-il pas apparaître comme l'autre fois pour semer des perturbations incalculables de conséquences?

– M. Chérasse dort, murmura la Denrée qui ajouta, satisfait des ressources de son nouveau vocabulaire : comme un sac.

Le Glaude hocha la tête :

– T'as bien fait! C'est qu'y a des yeux partout, à la campagne. A ta place, moi, pour être tranquille, je rangerais la soucoupe.

– J'allais vous y demander, monsieur Ratinier.

– C'est maniable, ton engin? Comme une auto?

– Sûrement mieux qu'une auto.

– Alors, on pourrait la garer dans l'étable de la vache. Y a plus de vache dedans depuis la mort de la Francine. J'allais pas garder une vache pour moi tout seul, je l'ai revendue. Ramène-toi!

Il se dirigea vers l'étable accolée à sa maison, non loin de l'écurie du porc. Chemin faisant, il regarda sa montre. Elle était arrêtée. Il s'aperçut que, dans son dos, la soucoupe le suivait comme un chien, encore qu'elle fût à un mètre du sol et se mût dans un silence absolu. Le Glaude ouvrit à deux battants les portes de l'étable vide, et la soucoupe s'y coula avec l'aisance d'une vipère dans un fagot. Elle se posa sans que remuât un seul brin de paille, et la Denrée en descendit. Le Glaude referma l'étable derrière eux et ils entrèrent chez lui. Enjoué, il tapota l'épaule de la Denrée qui parut surpris par ce geste.

– Je suis content de te revoir, mon chtit gars!

– Moi aussi, monsieur Ratinier.

– M'appelle pas monsieur. C'est pas des façons.

C'est pas parce que je pourrais être ton grand-père qu'y faut me coller des monsieur longs comme une paire de bras!

La Denrée fit paisiblement :

– J'ai votre âge, monsieur Ratinier.

Le Glaude fronça les sourcils :

– Tu te fous de moi, l'ami?

– Ma foi non! J'ai soixante-dix ans comme vous, monsieur Ratinier, mais, sur Oxo, on bouge pour ainsi dire quasiment pas du début à la fin. Ça sert à rien de changer d'apparence.

Le Glaude prit son parti de s'adresser à un conscrit à lui qui ressemblait en plus jeune à ses fils.

– Sûr que ça sert à rien, soupira-t-il, mais on nous demande pas notre avis, et faut bien qu'on y passe. Alors, comme ça, t'es pas martien du tout?

– Je suis oxien.

– Si ça t'amuse, j'y vois pas d'inconvénient. Y a du bon monde partout, et ça, j'y ai toujours dit. Tu veux pas boire un canon? Un canon, c'est un coup de vin rouge.

– J'avais compris, monsieur Ratinier. Le mot revient très souvent dans votre langage. Non, merci, je ne boirai pas de canon.

– Et pourquoi donc? Vous aussi, en route, on vous fait souffler dans un ballon?

– C'est pas ça. Notre organisme n'est pas adapté à l'alcool. Car c'est de l'alcool, votre canon.

Le Glaude eut une moue chagrine :

– Ouais, y en a qui y disent, y en a qui y racontent. Y a peut-être un petit peu de vrai, mais c'est pas tout à fait ça. En tous les cas, y a pas que des avantages, chez toi. D'accord, on vieillit pas vite, mais on doit pas rigoler souvent!

La Denrée fit avec froideur :

– On ne rigole pas, comme vous dites. Pas du tout.

– C'est pas une vie! s'insurgea l'ancien sabotier.

– Non, c'est pas une vie, exposa l'Oxien, c'est un état.

– L'État, c'est que voleurs et compagnie, se fourvoya le Glaude rageur en s'emplissant un verre, et ça m'étonnerait bien que ça soye autrement sur la Lune!

– Nous sommes très loin de la Lune.

– Si tu veux. Pour moi, c'est kif kif bourricot.

Cette image hardie parut échapper à la Denrée qui, en revanche, s'intéressa à l'absorption rapide de son canon par le Glaude.

– Vingt dieux, s'enchanta Ratinier en s'asseyant, ça fait quand même plus de bien qu'un coup de pied au cul! Assis-toi, la Denrée, t'as bien cinq minutes!

– Oui, acquiesça la Denrée tout en obéissant. D'autant plus que l'autre fois j'étais en promenade et que cette nuit je suis en mission.

Discret, le Glaude ne demanda pas à son invité quel était le but de cette mission commandée. A présent qu'il parlait, la Denrée l'intimidait somme toute un brin. Ce n'était plus une sorte d'animal à deux pattes qui imitait les volailles. C'était un type moins fantasque que le Bombé, et à coup sûr bien plus capable que l'autre énergumène. Et, puisqu'il était là, le Glaude qui brûlait de lui poser quelques questions, en entama une :

– Dis voir, la Denrée... Au fait, ça te gêne pas que je t'appelle la Denrée?

– Non, monsieur Ratinier.

– T'as peut-être un autre nom de famille?

– Non, monsieur Ratinier.

– Ça doit être commode, dans ton pays, de pas pouvoir s'appeler! Enfin, c'est vos oignons. Ah! oui, dis voir, ta soucoupe, ça marche au cuivre?

– Entre autres métaux de même densité, oui.

– Alors, sans la douille d'obus, t'aurais jamais pu repartir?

– Si. J'aurais fait venir un dépanneur, mais je me serais fait engueuler. D'autant plus qu'il n'y a pas très longtemps que j'ai le droit de circuler dans l'espace. J'ai été recalé trois fois au permis de conduire les soucoupes.

Cet aspect humain de la chose fit s'esclaffer le Glaude :

– Ouais, t'es bien comme moi, t'es pas bien fin!

Cette remarque ne sembla pas incommoder la Denrée, qui approuva :

– Paraît... Ça fait que les soucoupes modernes, c'est pas pour moi.

– Y en a qui vont plus vite?

– Oui.

– Ben qu'est-ce que ça doit être! Je t'ai regardé t'en aller, l'autre fois, ça filochait!

– C'était rien, monsieur Ratinier. Pour faire les vingt-deux millions de kilomètres d'Oxo à chez vous, y me faut trois heures. Une de plus que ceux qu'ont une bonne soucoupe. La mienne, c'est un veau!

Étaler devant le Glaude tant de millions de kilomètres ne pouvait que le laisser de glace, vu qu'il n'en était vraiment pas à un million près, n'étant jamais allé plus loin que l'Allemagne, même que cette aventure n'avait pas été menée de son plein gré. La Denrée s'était rembruni, le Bourbonnais le consola :

– Fais pas cette tête-là ! T'en auras une, de tes soucoupes qui vont plus vite que la musique !

– Pas sûr, monsieur Ratinier. Paraît que je suis limité. Que j'aï pas le quotient voulu. J'aurai pas le certificat.

Le Glaude en avala de travers son second canon. Quoi, eux aussi, là-haut, passaient le certificat ! Il faillit conseiller à la Denrée de copier sur un grand Louis Quatresous, s'il en avait toutefois un sous la main, lui dire que c'était bien pratique, mais il retint à temps sa langue. Après tout, il ignorait si la Denrée n'était pas un de ces rapporteurs qui auraient été répéter aux quatre coins de l'univers le forfait du jeune Ratinier. Il ne le connaissait pas encore assez pour lui confier ses indignités. Il fut néanmoins content qu'ils eussent ce point commun : la difficulté d'obtention d'un certificat.

– Le certificat, fit-il, lourd de sens, je sais ce que c'est.

Ce qui parut intriguer la Denrée durant une bonne minute. Le Glaude avisa la boîte à lait posée sur la table :

– Alors, comme ça, tu voudrais encore une pleine gueule de soupe ?

– Si c'était un effet de votre bonté, oui, monsieur Ratinier.

– Tu m'agaces ben un peu avec ta politesse, mais tu l'auras, ta soupe. Elle est prête, j'ai plus qu'à faire cuire les grillons. Les lardons, si tu préfères. Je parle pas le français de la ville, le français des ministres qu'on n'en comprend que la moitié.

Il questionna, flatté dans son orgueil de maître queux
– Ils l'ont aimée, là-haut, ma soupe?
– Elle a été analysée.
– Ah? grommela le Glaude dubitatif.
– Elle a été jugée dangereuse.
– Dangereuse? Elle a jamais fait crever personne, ma soupe! Ça, vieux! C'est la première fois que j'entends dire ça, qu'elle serait périlleuse, ma soupe! Pas bonne ma soupe! Ben, merde alors!

La Denrée sourit de son tout petit sourire de rien du tout, tenta de le calmer :

– Ne criez pas, monsieur Ratinier. C'est justement parce qu'elle est bonne qu'elle est dangereuse.

– Je te suis plus. Faut m'y expliquer, à moi, des embrouilles pareilles. Même à l'école, j'étais pas tellement fort sur les problèmes.

La Denrée, justement, prit une voix d'instituteur :

– Eh bien, je vais vous expliquer, monsieur Ratinier. Sur Oxo, nous sommes dix mille en tout. Jamais plus, jamais moins. Et nous disparaissons tous à deux cents ans d'âge. Nous ne mourons pas dans le sens où vous l'entendez mais ça, c'est un peu plus compliqué à raconter. Nous formons une société parfaite.

– Je sais, où qu'on rigole que quand on se brûle! ne put s'empêcher de lancer le Glaude.

La Denrée le considéra avec intérêt avant de poursuivre :

– Il n'y a, sur Oxo, hormis la nôtre, aucune vie animale. Il n'y a pas de vie végétale, non plus. Non qu'elle y soit impossible. Elle est inutile. Nous nous nourrissons d'extraits minéraux. Vous comprenez, monsieur Ratinier?

– Je comprends surtout que ça doit pas être bien fameux de sucer des cailloux toute la journée.

– La question n'est pas là, monsieur Ratinier. Le goût des aliments nous est également inutile. Pour simplifier, tout, sur Oxo, est inutile. Dans une société de perfection, monsieur Ratinier, le superflu est... superflu. Et dangereux. Ainsi a été jugée votre soupe aux choux, dont nous possédons par ailleurs, bien entendu, tous les éléments chimiques.

– Ce qui fait que vous pouvez la faire vous-mêmes, après tout ! Vous avez pas besoin de moi !

– Si. Nous avons essayé. Nous l'avons totalement reconstituée. Mais il y manque quelque chose, qui nous échappe. Nous recherchons actuellement ce quelque chose.

Avant d'être sabotier, Ratinier avait été paysan, et les paysans s'éduquaient alors sur le tas de fumier, sur les marchés et dans les foires. Il lui en était demeuré un fonds solide de matoiserie. Puisque cette peuplade d'abracadabrants s'intéressait à sa soupe, il n'en dévoilerait pas de sitôt les prétendus mystères, répondrait à côté, en l'air, n'importe où, à toutes les questions. En poserait plutôt :

– Puisqu'elle est dangereuse, ma soupe, faut pas y toucher ! Pourquoi donc qu'elle vous dérange et qu'elle vous turlupine ?

– Si nous le savions, nous n'aurions pas nommé une commission d'enquête. Vous savez, on ne parle plus que de votre soupe, sur Oxo, monsieur Ratinier.

Le visage du Glaude s'empourpra de vanité. Le cuisinier s'imagina des bandes de vieux gars en combinaison jaune et rouge disputer des mérites de sa soupe en langage de dindes sur un forum qu'il ne pouvait concevoir que semblable en tout point à la place d'Allier à Moulins. Si ça se trouvait, ils défilaient devant leur préfecture à eux avec des banderoles où on lisait : « On veut de la soupe du Glaude ! La soupe du Glaude pour tous ! Libérez la soupe du Glaude ! »

Il en fut effaré. Tout le monde aux Gourdiflots, au village, à Jaligny, cuisait la soupe aux choux comme lui. Même le Bombé, qui n'avait pourtant rien d'un maître-jacques. Pourquoi était-ce sur lui, Claude Ratinier, qu'étaient tombés des nues ces honneurs ?

Il murmura, car il était honnête :

– Tu sais, la soupe, ici, toutes les bonnes femmes la préparent comme moi, et même bien des bonshommes ! Pourquoi la mienne, la Denrée ?

– Monsieur Ratinier, si vous aviez parlé de la soucoupe autour de vous, je n'aurais jamais pu revenir, même pour toutes les soupes aux choux de votre Terre. L'espace est régi par la loi du silence. Une sorte de règle du milieu sidéral, si vous préférez. Vous m'avez appelé une première fois, comme vous venez de le faire tout à l'heure, et je suis venu. Si vous m'appeliez, c'est qu'on pouvait tenter de vous faire confiance.

– J'appelais, j'appelais, si on veut... Chérasse aussi, à ce compte-là, y t'a appelé.

– Vous m'avez appelé plus clairement que lui.

Là encore, le Glaude fut flatté d'avoir battu son voisin sur le plan du décibel, de voir sa performance ainsi homologuée. Il en but un canon de plus non sans soupirer pour son vis-à-vis :

– Cré bon Dieu que c'est-y bon quand on a la soif dans le corps ! Tu sais pas ce que tu perds, mon pauvre la Denrée. Faut-y que vous soyez des grands malades, dans ton astre, pour pas pouvoir y supporter! Faudra quand même que tu y essayes un jour. Juste un demi-canon pour commencer?...

– Non, monsieur Ratinier.

Ce refus réitéré mit le Glaude de mauvais poil :

– Eh bien, vous mourrez tous bredins! Et ça sera bien fait! Un bredin, c'est un idiot.

– J'y sais. Je parle comme vous, monsieur Ratinier. C'est vous qui m'avez appris.

Le Glaude avait attrapé un quartier de lard gras dans son garde-manger, en prélevait une tranche.

– Je t'en foutrais, des monsieur Ratinier! Je peux pas m'y faire. Y a que les gendarmes pour oser me dire des monsieur Ratinier!

La cuisinière était allumée. Sur un de ses coins, le fait-tout de soupe chauffait. Avec son tisonnier, le Glaude retira deux ronds de fonte, plaça sa poêle à même le feu, découpa son lard en petits dés. Mêlée à la fumée une odeur âpre et appétissante emplit la pièce.

– Bref, soliloquait le Glaude car la Denrée ne l'écoutait plus, bref, dans ton étoile, vous bouffez que des granulés comme les porcs et les veaux d'aujourd'hui, qu'ont autant de goût que du journal. Vivre des deux cents ans comme ça, j'y appelle pas vivre, moi. Tu peux aller le voir, notre cochon au Bombé et à moi, lui, au moins, y se fait rire les deux coins de la gueule, quand on lui porte son manger, un manger qu'on en mangerait presque, nous autres chrétiens. Quand y bouffe ses patates, on dirait qu'il est heureux, sans blagues. Y mourra, ni plus ni moins que moi, mais il aura eu ses petites joies. Ça prouve que vous êtes plus bredins qu'un goret, tu m'entends, la Denrée? Qui que tu regardes?

La Denrée n'était plus sur sa chaise et, face au mur, contemplait la photo de mariage des époux Ratinier. Le Glaude précipita ses *grillons* dorés à point et leur graisse dans la soupe, la recouvrit d'un couvercle avant d'aller rejoindre son hôte :

– Ça, c'est la pauvre Francine et moi, le jour de nos noces. J'ai bien changé, si toi tu changes jamais. J'étais dru comme un pinson, et la Francine avait la cuisse rose. T'as t'y une femme, la Denrée?

– Il n'y a pas de femmes, sur Oxo.

– Ah bon? D'un côté, vous devez être bien tranquilles, quand vous rentrez du bistrot...

– Il n'y a pas de bistrots non plus.

– Alors, ça sert à rien, qu'y ait point de femmes! C'était le seul avantage! Mais... si y a pas de fumelles chez vous... comment que vous faites les petits?...

La question qu'il se posait le déboussolait. La Denrée s'en aperçut, lui fournit la réponse :

– Il y a une mère commune qui s'autoféconde chimiquement. En trois mois, nous sommes adultes.

Cette espèce de société d'abeilles qui n'avait pour mère que celle du vinaigre, en quelque sorte, dépassait de très loin les entendements du Glaude :

– Tu vas me rendre brelot, avec tes histoires de merles blancs et de veaux à cinq pattes!

Il prit son mouchoir, enleva le plus gros des moutons qui recouvraient le cadre :

– Elle était bien jolie, ma Francine. T'y trouves pas, la Denrée, qu'elle était mignonne comme tout?

– Je ne comprends pas ce que vous voulez dire par là...

– C'est vrai que vous y connaissez rien en filles, si vous vivez sans. Tant pis pour vous parce que, mis à part les rentrées de bistrot que je te disais, y a quand même pas que du mauvais, dans ces outils. Y a même des fois où qu'on y voit comme des chtits bouts de paradis. Ça m'est arrivé, avec la Francine. .

Il était ému, se moucha, ce qui fit voltiger la poussière ramassée sur la photo. Il bégaya :

– Elle est morte, la pauvre chtite enfant du Bon Dieu. Y a dix ans. Elle en avait à peine soixante. Elle me manque bien, la Denrée...

Il avait machinalement pris la Denrée par l'épaule, comme s'il avait été un homme, comme s'il avait été un ami, et la Denrée sentit un trouble étrange descendre en lui, quelque chose d'inconnu sur son astéroïde, toute une bizarrerie à soumettre à une commission d'enquête ou à garder par-devers soi. Le Glaude renifla, retira sa main :

– Excuse-moi, la Denrée. Ça non plus, tu peux pas y comprendre, vu que t'es fait du bois dont on fait surtout pas les flûtes. Viens plutôt manger ta soupe. Au fait, j'ai rien mangé, en t'attendant, qu'un chtit bout de fromage. On va dîner ensemble, tous les deux comme trois frères.

Il disposa deux de ses petites soupières sur la toile cirée, les emplit de soupe fumante non sans avoir auparavant coupé dedans quelques morceaux de pain.

– Sens-moi ça, triompha-t-il, transporté par ce parfum gaillard qui lui écarquillait les narines, sens-moi ça si ça sent bon ! Ça sent tout ce qu'on veut sauf les pieds. Ça sent le jardin, l'écurie, les quatre saisons, ça sent la terre ! La terre, la Denrée, t'entends ! La terre. Oui, mon cadet, la terre après la *pleue!* On dit pas : la pluie, par ici, on dit la *pleue,* parce que comme ça c'est encore plus mouillé.

– La terre après la *pleue,* prononça la Denrée avec application.

– Bravo! Tu parles comme un vrai *houmme* de par chez nous!

– Je parle comme un vrai *houmme,* répéta encore la Denrée.

– Bien. Mais mange donc au lieu de causer. Ça se mange chaud, tant pis si tu te le brûles un peu, ton vieux gosier à granulés!

Oublieux des réticences de sa première expérience, la Denrée avala sa soupe comme un cultivateur un soir de fenaison. Il faisait même moins de bruit que le Glaude qui, à table, se souciait fort peu de fioritures parisiennes. Ils achevèrent en même temps leur repas et Ratinier, s'essuyant les moustaches d'un coup de torchon, se renversa sur sa chaise en ronronnant :

– Et voilà, mon frère! Encore une bonne ventrée que les boches auront pas! Qui que t'en penses, l'ami?

– Elle est de mieux en mieux, le Glaude.

Ratinier sourit :

– Tu m'as appelé le Glaude! Ça me fait plaisir. Ça prouve que t'es bien dans ta peau d'Iroquois, et que t'as chaud dans la carcasse.

– Oui, le Glaude.

– T'es un bon gars, la Denrée. Le jour où que tu boiras le canon, tu seras tout à fait fréquentable. Comment que ça s'appelle, déjà, ton bon Dieu de patelin?

– Oxo

– Je vas te dire une bonne chose, mon loulou : quand t'auras trinqué avec moi, tu seras le chef, sur ton Oxo Le gros bonnet. Le manitou. Vous avez bien des chefs, dans votre espèce de fourmilière?

– Il y a un Comité des Têtes. Cinq têtes renouvelables.

– Eh bien, avec un verre dans le nez, tu seras en tête de toutes les têtes, tu seras la grosse tête!

La Denrée, qui ne possédait même pas la soucoupe à la mode, écarta du bras cette extravagante promotion. Lui aussi s'épata sur le dossier de sa chaise, et trouva la position confortable. « Il ne lui manque qu'un cigare au bec, songea le Glaude tout attendri. Avec un Voltigeur au milieu, y a pas, y ferait un beau député de l'Allier. »

Il se servit un canon ras bords, le « père canon » que le Bombé et lui avaient bien sûr baptisé le « 75 », en vida la moitié d'un trait, puis se roula une « bonne vieille cigarette » qu'il alluma avec une volupté qui intrigua encore la Denrée :

– Ça sert à quoi, le Glaude, ce que vous faites avec cette fumée?

– A rien...

– A rien?

– A rien d'autre que d'être bien après une bonne assiette de soupe. Voilà à quoi ça sert, et c'est déjà pas mal. Y en a qui disent que ça vaut rien pour la sante. Mais, sur la terre, tout ce qu'est extra paraît que c'est nuisible, depuis quèque temps.

Il cligna un œil complice :

– Faut croire que toutes les planètes ont leurs petits inconvénients, mon petit la Denrée

Il ajouta :

– Pardonne-moi pour « le petit », mais j'arrive pas à croire qu'on est du même âge.

Puis soupira :

– C'est vrai que c'est pas tout à fait le même. T'as encore cent trente ans à vivre, et moi...

– Et vous ?

– Oh !... dix... à tout casser... Et encore ! Pour ça, faudrait sûrement plus boire, plus manger, plus fumer. Autant crever, et on crèvera bien sans !

La Denrée le considéra longuement, se décida enfin :

– Dites-moi, le Glaude... Votre soupe, j'aimerais bien vous la payer.

Le Glaude tonna, assis dans sa fumée tel Jupiter dans son Olympe :

– M'y payer ! Je voudrais bien encore y voir ! Là, tu me fâches, la Denrée, tu me fais de la peine ! Parler d'argent à ma table ! J'ai beau pas être riche, je peux encore offrir la soupe à un invité ! Tu me vexes, tiens, tu me vexes !

La Denrée tenta de calmer ce maelström :

– Écoutez-moi, le Glaude...

– Retire ce que t'as dit !

– Écoutez-moi ! Je ne parle pas d'argent. Je ne savais d'ailleurs pas ce que c'était avant de lire le dossier sur la Terre et ses coutumes. Curieuses coutumes, entre parenthèses. Il y a comme ça des civilisations qui ont besoin d'un bon coup de plumeau.

Le Glaude bougonna :

– T'es rigolo, toi. Des sous, il en faut, chez nous. C'est pas moi qui tiens le plumeau, comme tu dis.

Il étendit la main, s'empara, au-dessus de la cheminée,

d'une vieille boîte de carton, la posa sur la table, l'ouvrit, en extirpa une piécette brillante :

– Tu sais ce que c'est que ça, la Denrée?

– Non...

– C'est un louis d'or. Ça vaut des cents et des mille. C'est mon parrain, l'Anselme Poulossier, qui m'en a fait cadeau quand... quand...

Il rougit à en éclater avant de chuchoter :

– Quand j'ai eu mon certificat... Tu peux pas comprendre. Ce que tu peux comprendre, c'est que si j'en avais un kilo ou deux, de ces pièces-là, j'aurais plus de souci à me faire pour mes vieux jours.

– Vous pouvez me la prêter?

Le Glaude grimaça. Cela se prêtait encore moins qu'une femme ou qu'une bicyclette.

– Je vous la rendrai!

– Et si tu reviens pas?

– Je reviendrai.

– Mais qu'est-ce que tu veux en faire?

– Prêtez-la-moi!

La Denrée s'entêtait, en devenait presque autoritaire. Le Glaude céda à contrecœur, vit avec ennui son louis disparaître à l'intérieur de la combinaison, maugréa :

– Tu vas me la perdre. J'ai encore bien fait de te montrer ça.

La Denrée jugea bon de changer de conversation afin d'effacer des traits du Glaude et la contrariété et l'inquiétude :

– Le Glaude, quand je vous ai appelé le Glaude, vous avez dit que ça vous faisait plaisir. Qu'est-ce que c'est que le plaisir?

– J'y sais-t-y, moi! Quelle question! Le plaisir, c'est

le plaisir, quoi ! C'est comme le pinard. Tiens, c'est comme la soupe ! Tu comprends ?

– Un peu. Quand je parlais de vous payer, tout à l'heure, je pensais pas aux sous. Je voulais vous faire un plaisir. Le Glaude, est-ce que ça vous ferait plaisir de revoir la Francine ?

Pour le coup, Ratinier en oublia jusqu'à son louis. Il remua la tête tristement, tout à fait mécontent cette fois-ci :

– C'est pas bien du tout, la Denrée, de rigoler avec ces choses-là. Ça se respecte, les morts, chez nous, même si vous les jetez sur le fumier, dans vos pays.

La Denrée s'anima, navré d'avoir chagriné son Terrien :

– Excusez-moi, le Glaude. C'est très sérieux. Vous la reverrez vivante, la Francine, si vous voulez m'écouter.

– Vivante alors qu'elle est en terre depuis dix ans ? Mais t'es marteau ! Ou alors c'est que tu veux me rendre chèvre !

La Denrée prit malgré lui un air de supériorité qui irrita Ratinier au point qu'il songea aigrement que « l'autre faisait son petit gommeux ».

– Non, le Glaude, je ne rigole pas. Pas du tout. Ce n'est pas parce que vous ne savez même pas recréer la matière qu'il faut nous prendre pour des soucoupes première manière. La matière, nous la recréons depuis toujours.

Le Glaude bégaya, abasourdi :

– Parce que c'est de la matière, la Francine ?

– Évidemment.

– Tu pourrais me la ressusciter ?

– Certainement.

– Alors que vous vous ressuscitez même pas vous-mêmes? Si vous mourez, même à deux cents ans, c'est que vous y pouvez ben rien, comme les copains!

– Nous le pourrions, tout au contraire. Mais notre disparition est acceptée et prévue par la loi. Vous n'avez pas de ces lois-là.

– Chez nous, y a la loi du Bon Dieu! clama le Glaude soudain emphatique quoique abruti, désarçonné par des propos qui le survolaient intellectuellement de plus en plus haut.

La Denrée agacé se permit de taper sur la table avec son tube à endormir le Bombé :

– Le Bon Dieu, connais pas! Ne soyez pas brelot, monsieur Ratinier. Pas de superstitions d'un autre âge. Désirez-vous oui ou non revoir votre femme dans votre maison?

Il ne plaisantait pas, l'Oxien. Avait apostrophé durement « monsieur Ratinier ». Le Glaude, pour se donner un temps de réflexion, se versa un modeste gorgeon, s'en humecta avec lenteur les amygdales. C'était bien sûr tentant de retrouver la Francine qui avait été bonne épouse et bonne mère. Mais que penserait-on aux Gourdiflots de cette diablerie du diable? Qu'en dirait un Cicisse éberlué de retomber nez à nez avec une défunte en rupture de cendres? On ne comprendrait plus rien à la mort, dans le pays, ni même dans tout le département. Cela ferait un sacré potin, un foutu tonnerre, même à Lourdes!

Il fit part de ses objections à la Denrée, qui en admit le bien-fondé. Même un novice en usages terrestres ne pouvait guère ignorer la toute-puissance de l'opinion publique, qui en est la base et le sel, tous les dossiers et prospectus au sujet de cette planète vous le diront.

La Denrée se leva alors, alla souffler quelque secret à l'oreille du Glaude, si bas que même les araignées dans leurs toiles, au plafond, n'y entendirent goutte. Le Glaude s'éclaira peu à peu :

– Ah ben!... comme ça... c'est pas bête... je dis pas non... on peut voir... on pourrait y faire... Attends, je vas te donner ça!...

Dans la boîte de carton d'où il avait exhumé le napoléon, Ratinier saisit un sachet de toile, l'ouvrit, y cueillit une mèche de cheveux gris.

– J'y ai coupé sur la tête à la Francine, avant qu'on me l'enferme dans le plumier, marmotta-t-il encore tout chamboulé par ce que l'autre lui avait confié en catimini.

La Denrée empocha le sachet, se fendit encore de son mince sourire en lame de tronçonneuse :

– S'il vous plaît, le Glaude, ma soupe...

Ratinier en emplit la boîte à lait que l'Oxien serra pieusement contre lui. Là-dessus, le Glaude bâilla, qui n'avait pas, malgré les racontars, pour habitude de siffler des canons en pleine nuit.

– Avec tes histoires, tu m'as tout détraqué derrière le « nom du père », mon gars. Ça se tient sur le front, le « nom du père », dans le signe de croix, apprends ça. Je te raccompagne pas, tu connais le chemin. Referme pas l'étable, va, je m'en occuperai. Je te revois bientôt, mon vieux la Denrée?

– Oui, mon vieux Glaude.

La Denrée était déjà sorti quand Ratinier rouvrit précipitamment sa porte :

– Ho ! la Denrée !

– Oui ? fit dans la nuit la voix de l'heureux possesseur d'un trésor en forme de soupe aux choux.

– La Denrée ! Oublie surtout pas que mon louis, y s'appelle revient !

Chapitre 8.

Le chat Bonnot vieillissait, avait trois pattes dans la tombe. La vie désordonnée qu'il avait menée en était cause. On n'avait vu que lui par les chemins, par tous les temps de chien. Comme il était noir, il était censé porter malheur. Ce n'était pas tout à fait inexact. Il avait bel et bien porté malheur aux occupants d'une voiture qui l'avaient poursuivi une nuit pour l'écraser, histoire de s'amuser un peu. Ce maudit Bonnot s'étant brusquement écarté pour échapper au trépas désopilant qu'on lui destinait, la voiture s'était écrabouillée contre un arbre. Bonnot avait donc quatre morts sur la conscience et ne s'en trouvait pas plus mal jusqu'à ces derniers mois. Mais à présent la *vieuserie* – *dixit* son maître – commençait à avoir raison de ses ardeurs à la chasse et au déduit.

Cette nuit-là, il avait été rossé par un jeune matou de

deux ans, son cadet de onze, qui entendait jouir des faveurs de la chatte du domaine de Mouton-Brûlé sans les partager avec un vétéran. Un blanc-bec qu'il eût fait grimper au faîte d'un noyer l'année dernière encore..

Ce matin-là, en outre, il avait raté coup sur coup deux souris, en souffrait dans son orgueil. Il est vrai que les souris couraient de plus en plus vite, depuis quelque temps, et Bonnot se demandait s'il n'était pas une victime du progrès.

Tapi dans l'herbe, il en mâchonnait tristement un brin qui n'avait d'ailleurs pas de goût. Il n'osait plus rentrer à la maison depuis qu'elle sentait le soufre et le fagot, odeurs que n'avait pas même reniflées le vieux Glaude. A la vérité, Bonnot se fichait de la chatte de Mouton-Brûlé. Il n'avait plus guère le cœur aux fredaines et aux galipettes. Les chattes aussi avaient changé en mal, n'exhalaient plus leurs parfums enivrants d'autrefois. C'était davantage par habitude que par galanterie qu'il s'était approché du domaine.

Il bâilla. Chaton, il avait joué avec le soleil. Le soleil aujourd'hui jouait sur son vieux poil plus rêche que du crin de matelas, et Bonnot ne s'y exposait plus que pour soigner ses rhumatismes. Un escargot passa, qu'il ne renversa même pas d'un coup de patte en matière de plaisanterie. Bonnot s'ennuyait, qui avait des ennuis. Il se gratta sans conviction, car il savait que les puces sont les chagrins d'amour, les plaies d'argent des chats et qu'on ne peut leur échapper.

Il se leva, étique, et se mit sans raison à miauler à tue tête comme pour interroger un monde qui s'en allait déjà sans lui aux trousses des mulots. Toujours hurlant, il se dirigea vers les bâtiments, fit un crochet pour eviter un coq nain qui avait l'esprit chamailleur, avisa la porte ouverte et entra chez le Bombé mieux que chez lui, puisqu'il n'en avait plus.

Cicisse gardait le lit depuis sa pendaison. Son onguent pour ânes n'avait pas gommé ses contusions comme par enchantement. Ni ses deux côtelettes fêlées, que le Glaude lui avait bandées solidement. Chérasse fut satisfait de l'arrivée de Bonnot :

– Qui que t'as à gueuler comme ça, mon pauvre lamentable ? Je gueule-t-y, moi qui peux même pas dormir, que j'ai dormi qu'une nuit depuis trois nuits, comme par hasard celle du jour que je me suis cassé la margoulette ? Même que c'est ben rien à y comprendre ? Tu cherches le Glaude ? Il est à Jaligny. Il va me ramener des pommades pour mes talures. T'as un bon maître, Bonnot. A sa place, y a longtemps que je t'aurais donné un coup de trique derrière les oreilles !

Il fut content quand le chat mangea sur la table un restant de nouilles. Ravi quand il sauta sur le lit et s'allongea auprès de lui. Cicisse le caressa. Des plombs de chasse roulaient sous sa paume, souvenir d'un coup de fusil que Bonnot avait essuyé jadis. Cela ne se renouvellerait plus. Bonnot s'éloignait de moins en moins, ne s'éloignerait bientôt plus du tout.

– Pauvre carne, murmurait tendrement le Bombé, pauvre innocent qu'a jamais eu la parole, tu crois que je l'ai eue plus que toi ? D'abord, si tu l'avais, qui que tu dirais ? On n'a plus rien à dire.

Avec d'infinies précautions pour ne pas déranger le chat, il attrapa sa tasse de vin sur la table de chevet, la vida et se mit à ronronner lui aussi. Des mouches gesticulaient dans un rai de soleil. Dans son coin, l'horloge tuait le temps en tricotant avec ses deux aiguilles. Puis elle toussa quelques heures de peu d'importance. Pour finir, les deux vieillards, l'homme et le chat, s'endormirent côte à côte.

Chapitre 9.

A la mi-nuit, une soucoupe plus vaste que celle de la Denrée se posa dans le champ du Glaude. Deux Oxiens anonymes en sortirent, déposèrent dans l'herbe ce qui ressemblait à un paquet de vêtements. Sans s'attarder davantage, les deux êtres remontèrent dans leur engin qui disparut dans le ciel aussi vite qu'il en était venu

Peu après, la fraîcheur de la nuit réveilla la Francine. Elle ouvrit les yeux, fut saisie d'épouvante. Elle voyait. Il y avait des étoiles au-dessus d'elle. Abasourdie, elle reconnut la lune. Elle voyait. Elle respirait. Elle avait froid. Elle se ressouvint de sa mort. Elle avait été morte. Elle grelotta. Elle était vivante. Elle n'avait même jamais été plus en vie.

On l'avait enveloppée, nue, dans une sorte de plaid dont elle ne savait ni le matériau ni l'origine. Jamais elle n'avait eu cette couverture dans son armoire. On avait dû ensevelir la Francine comme tout le monde, dans un drap, et elle ne comprenait plus. Que s'était-il passé depuis ? Où était-elle ?

Elle n'osait guère bouger, de peur que ne la reprissent les immensités de sommeil qu'elle avait subies. C'était la nuit sans être celle qui l'avait engloutie, qui était, elle, une nuit toute noire et sans un bruit. Dans la nuit qu'elle vivait à cette minute même, il y avait des étoiles, car c'était bien des étoiles, là-haut, et c'était bien un chien qui aboyait quelque part sur la terre. Cette herbe, près d'elle, sentait l'herbe, et la brume, et la rosée...

La Francine osa enfin s'appuyer sur un coude, osa regarder autour d'elle. Son cœur battit, car elle avait de nouveau un cœur. Elle venait de voir là-bas une maison qui était à n'en pas douter SA maison. Pour s'éprouver, elle se parla, et le son de sa voix lui réchauffa la peau :

– T'es juste à côté de chez toi, ma Francine. Y a pas, ma pauvre vieille, te v'là en vie, te v'là ressuscitée...

Le mot l'effara. Jamais personne n'avait ressuscité, et surtout pas dans sa famille. Tous les gens qu'elle avait portés en terre n'en étaient jamais ressortis. Dans le pays, on plaisantait même là-dessus en ces termes : « Faut croire qu'y s'y trouvent bien ! » L'originalité de sa situation lui apparut. Elle songea, confuse, à ce qu'allait bien pouvoir en dire le monde. On jaserait. Il y aurait des jaloux qui grinceraient : « Pourquoi elle et pas les autres ? » Des méchants insinueraient qu'elle avait couché avec quelque diable, pour obtenir une permission aussi exceptionnelle.

– Ma foi tant pis, se surprit-elle à ronchonner, à soixante ans, merde, on peut peut-être ressusciter sans avoir à demander l'avis des voisins ! Je vas toujours pas me suicider pour leur être agréable !

Elle s'excuserait, voilà tout, dirait que ce n'était pas de sa faute et qu'elle ne savait fichtre pas quelle mouche l'avait piquée d'avoir ainsi quitté son trou...

Elle se mit debout, hésitante. Ses jambes semblaient solides. Elle ne sentait même plus ses vieilles douleurs dans la poitrine, celles qui l'avaient contrainte à se coucher pour ne plus se relever. Elle se dit que c'était quand même une sacrée tournée, et que ces choses-là n'arrivaient bien qu'à elle.

Elle fit quelques pas vers sa maison, serrant cette couverture mystérieuse tout autour de son corps. Le sol humide crissait sous ses pieds nus. Elle s'arrêta, perplexe. Le Glaude devait dormir. Elle allait le réveiller, lui causer une terreur affreuse. Un coup à le faire tomber raide mort. Au fait, depuis le temps, un temps dont elle ne savait d'ailleurs rien, il était peut-être mort lui-même ? Avec ce qu'il avait dû boire, enfin libre de descendre à la cave, ce n'était pas du tout impossible...

De toute façon, elle n'allait pas rester dehors, habillée comme par hasard en fantôme. Elle aspira à pleins poumons l'air de la nuit. C'était bon, de vivre. Encore plus de revivre, on était au moins au courant de ce qu'on avait perdu. Elle s'était enfoncée dans un brouillard, et ce brouillard se déchirait, et elle revoyait les arbres, et le Glaude n'avait pas remplacé la vitre cassée de la lucarne du grenier. Mais... s'il était mort, il n'était plus là, forcément... Il y aurait de nouveaux locataires... S'ils ne la connaissaient pas, ils la prendraient pour une folle, lui crieraient qu'on ne dérange pas le monde à des heures pareilles... La laisseraient sur le chemin... S'ils la connaissaient, leur première frayeur passée, on pourrait du moins discuter...

Alors elle pensa que ce n'était pas toujours drôle, la vie. Que c'était bon parfois, mais pas toujours, et qu'elle en reprenait déjà à toute allure les vieilles habitudes.

La Francine éternua. Elle allait attraper une seconde fois le mal de la mort, à se promener dans cette tenue. Elle se décida à faire sa rentrée sur scène, se hâta. Elle était légère et souple, s'étonna d'être aussi bien conservée après un séjour au cimetière. Il y avait donc bien de la vitamine, dans la fameuse racine du pissenlit? Parvenue à sa porte, elle frappa doucement, chuchota :

– Glaude! Glaude!

Ratinier ne dormait plus que d'une oreille, comme les chats, depuis la dernière visite de la Denrée. Il se dressa sur son séant, se demandant s'il était au creux d'un rêve, ou à côté. Il fit, oppressé :

– Y a quelqu'un? Qui que c'est donc?

La Francine haussa la voix :

– Prends pas peur, surtout! C'est moi, c'est la Francine! Me v'là ressuscitée, je sais pas comment, mais me v'là!...

Il avait beau vaguement s'y attendre, voilà que c'était vrai, et il en eut le souffle suspendu. Derrière la porte, la Francine s'impatientait, la Francine qui l'avait franchie dans l'autre sens à tout jamais et les pieds devant il y avait dix ans de cela :

– Ouvre, le Glaude! Y fait pas chaud!

Ratinier tapota de la main son cœur qui battait trop vite, se leva, enfila ses pantoufles en se trompant de pied. Tout frissonnant malgré son gilet de flanelle et son caleçon long, il donna un tour de clé, et la Francine entra, qui était forcément belle comme à vingt ans, puisqu'elle avait vingt ans...

– C'est-y pas Dieu possible, bégaya-t-il en refermant la porte, reporté violemment à des cinquante ans en arrière. Il la regardait, pétrifié. Il l'avait quittée morte, roide, vieillie et desséchée par la maladie, la retrouvait neuve, palpitante, jeune femme et fraîche, telle qu'il l'avait aimée. La Francine aussi le regardait. Il n'avait guère changé, lui. Ils n'osaient pas se parler, conscients du côté extraordinaire de l'instant qu'ils vivaient. Machinalement, la Francine s'était assise à la place qu'elle occupait autrefois, près de la cuisinière.

– Me v'là, répéta-t-elle, désemparée.

– J'y vois...

– Ça te fait pas trop peur?...

– J'arrive pas à y croire, que tu causes et que t'es là...

– Faut pas chercher à comprendre, on tomberait fous.

Finalement, elle se dit qu'il n'avait pas trop l'air épouvanté ou ahuri de la revoir, qu'il aurait dû l'être davantage, qu'il prenait bien la chose, ne ramassait pas un coup de sang pour si peu. Mais, sorti de ses canons et de ses sabots, n'avait-il pas toujours vécu sans souci, serein, rassis, à la façon d'une plante en pot? Il ne fallait pas trop lui demander. Il n'avait aucune imagination. Il la mangeait pourtant des yeux, lâchait une excentricité comme pour la faire mentir :

– Que t'es belle, ma Francine! J'y avais oublié, comme t'étais belle...

Cette bêtise la peina, et elle haussa les épaules. Il buvait donc toujours, commençait même à dérailler.

– Te moque pas de moi, le Glaude, c'est pas bien

malin de rigoler de quelqu'un qui revient d'où je viens, que j'en suis encore toute secouée.

Le Glaude saisit qu'elle ne soupçonnait rien de sa nouvelle apparence. Il sourit, voulut lui en laisser la surprise. Il décrocha le miroir qui lui servait à se raser, le lui tendit.

– Tiens, ma Francine! Vois-moi comme t'es jolie!

Elle poussa un cri perçant, perdit sur-le-champ ses bonnes couleurs. Le miroir tremblait dans ses deux mains crispées. Pâle comme la morte qu'elle avait été, elle fixait en frémissant de tout son corps cette demoiselle blonde qu'elle avait été *aussi,* encore plus loin dans le gouffre du temps. C'en était trop, cette fois. Elle s'évanouit, et la glace ne dut qu'à la pantoufle du Glaude de ne pas se briser en mille morceaux de sept ans de malheur. La Francine avait glissé de sa chaise et, par l'entrebâillement de la couverture, Ratinier aperçut sa jeune poitrine elle aussi ressuscitée.

– Francine! Francine! glapissait le bonhomme. Le vinaigre! Où qu'est le vinaigre, cré bon Dieu!

Il avait redressé la Francine, la relâchait, courait au buffet, en ramenait le vinaigre, en frottait les tempes de sa femme, de sa fiancée plutôt.

– Ho! la mère! bafouillait-il, la mère! C'est pas le moment de tourner de l'œil!

La Denrée avait réalisé que le retour d'une Francine de soixante ans jetterait trop d'émoi et de consternation dans le pays. Aussi avait-il suggéré au Glaude de lui recréer son épouse à vingt ans, telle qu'elle était sur sa photo de mariage. La jeune femme pourrait ainsi passer aux yeux des gens pour sa petite-nièce ou une quelconque parente venue de la ville pour s'occuper du

Glaude. L'idée avait séduit Ratinier qui avait alors consenti à une résurrection qui ne sèmerait pas la panique dans l'entourage, ne poserait même pas de problèmes au Bombé.

– Ho! la mère!

Les joues de la Francine rosissaient enfin, et son mari se dit que c'était pour le moins cavalier d'appeler « la mère » cette plaisante blondinette. Il rectifia :

– Francine, ma chtite! Ça va-t-y mieux?

Elle battit des paupières, se recouvrit le buste d'une main vive et regarda le Glaude. Elle soupira. Oui, c'en était trop, que d'aller ainsi de miracle en miracle. Non contente de ne plus être morte, voilà qu'en prime elle avait vingt ans, et des vingt ans qui lui couraient dans les veines comme autant de chevaux. Elle comprenait à présent les raisons de sa prestesse, tout à l'heure dans le champ. Cela l'enivra toute, et elle sourit sans le voir à ce grison penché sur elle, à ce barbon qui sentait le vin. Elle réagit tout à coup. Ce n'était pas possible qu'elle fût mariée avec cet ancêtre. Elle eut un geste involontaire de recul.

Ratinier s'en aperçut :

– Qui que t'as, la Francine? C'est moi le Glaude! Tu me reconnais plus?

Elle murmura, effarée :

– Si... Mais qu'est-ce que t'es vieux!...

Il rit jaune :

– Ça, j'ai pas ton âge!

– C'est dommage.

– J'y peux rien...

– Tant pis...

Elle ramassa le miroir, s'y contempla, étourdie, sentit

tout un bonheur extravagant monter en elle, flamber le cognac de son jeune sang. Ressusciter d'entre les morts, ce n'était déjà pas si mal mais revenir sur terre avec toute une vie devant soi, c'était tellement mieux qu'elle en pleura de joie.

– Faut pas pleurer, Francine.

– Oh si ! Je suis si heureuse !...

– Moi aussi. Qu'est-ce que je t'avais dit, que t'étais belle ?

– Oui, je suis belle ! Très belle ! Mieux qu'en photo. A la longue, je ne me souvenais plus de moi que grâce à la photo. Ah ! Glaude, c'est merveilleux d'être belle, c'est merveilleux d'avoir vingt ans !

– Oui, la Francine, souffla Ratinier embarrassé, ça doit pas être désagréable...

Elle bondit, voltigea dans la pièce en riant, se dit le Glaude, comme une petite folle. Elle secoua ses boucles blondes, se toucha les seins sous la couverture, en parut enchantée, se souvint qu'elle n'avait pas encore eu d'enfants. Elle s'écria, radieuse :

– Le Glaude ! Je vis ! J'ai faim ! C'est formidable, non, d'avoir faim ?

– Moi, marmonna Ratinier, tout ça, ça me fout plutôt soif.

Cette déclaration d'amour dégrisa la Francine, qui lorgna de plus en plus tristement autour d'elle et fit enfin, sévère :

– Mon Dieu que c'est sale, dans cette cagna !

– Je t'attendais pas trop, tu sais. T'aurais dû prévenir...

– Arrête donc de faire le rigolo, il n'y a pas de quoi ! Toute cette vaisselle ! Toute cette poussière ! C'est dégoûtant ! Ça pue le bouc !

– Tu sais ce que c'est, se défendit le Glaude, quand y a pas de femme dans une maison, on se laisse un peu aller...

– Quelle porcherie! se lamentait la jouvencelle Les rideaux, c'est moi qui les ai lavés pour la dernière fois, il y a dix ans, n'est-ce pas?

– Ben, oui..., avoua Ratinier qui ne s'était pas attendu à retrouver de sitôt les vagues et les houles des scènes de ménage d'antan.

Piteux, il louchait sur son litre sans oser se servir. Elle l'intimidait. Voilà qu'à soixante-dix ans il se faisait enguirlander par une péronnelle qui avait largement l'âge d'être sa petite-fille mais embrouillait l'affaire en fêtant avec lui ses noces d'or... Sournois, il s'approcha de son litre, parvint à se verser un verre. Il faillit s'étouffer en buvant, tancé par son nouvel ange du foyer :

– Ivrogne! Poivrot! Soûlaud!

Il se défendit, cramoisi :

– Écoute, la Francine, fiche-moi la paix! T'es pas ressuscitée depuis une demi-heure que tu veux déjà tout régenter dans la maison!

– Une maison, ça? Un gourbi, oui! Une tranchée de 14! Y a-t-y au moins des œufs dans ta hutte, espèce de papou?

Elle avait toujours été un peu trop portée sur le ménage et la propreté. Le Glaude s'apaisa, admit sa colère, l'excusa, se voulut conciliant :

– Y en a dans le buffet. A la place que tu les mettais J'ai gardé quelques poules...

Elle prit quatre œufs qu'elle battit en omelette, ajouta, toujours aigre :

– Les œufs, y a ben que ça, ici, à pas être dévoré par la crasse !

– Des fois, je balaie..., murmura-t-il, penaud.

– Ça se voit ! Avec le manche !

Elle récura une poêle jusqu'à l'os, la posa sur le feu, y mit une noix de beurre non sans l'avoir sentie en grimaçant :

– Bon. Faut pas être trop regardante. Et puis, j'en ai assez d'être enroulée dans cette couverture qui vient de je sais pas où. Qu'est-ce que tu as fait de mes affaires ? Tu les as peut-être vendues au pilleraud [1] ?

– Y en a qui l'auraient fait, protesta dignement le Glaude. Moi pas, qu'ai le respect des morts. Elles sont toutes dans une malle au grenier.

– J'y monterai demain. Je vais te prendre une chemise. Surveille mon omelette.

Elle ouvrit l'armoire, pesta encore contre le pittoresque désordre qui y régnait, s'empara d'une vaste chemise bleue qui lui descendrait au-dessous des genoux. Au moment de laisser choir sa couverture, elle grinça :

– Le Glaude ! Retourne-toi !

– Mais... je t'ai déjà vue à poil, quand même ! Même à l'âge que t'as !...

– Retourne-toi, je t'y demande. Commence pas à me contrarier !

Le Glaude obéit en bougonnant qu'on n'en ressortait pas spécialement gracieux de caractère, des cimetières. Nue, la Francine admira ses jambes, ses cuisses, son ventre, sa poitrine, déplora que l'armoire ne fût pas à

1 Chiffonnier, en bourbonnais

glace pour y refléter en vue d'ensemble la gloire de ses vingt printemps. Elle enfila à regret la chemise, la boutonna pudiquement jusqu'au menton. Elle mangea de grand appétit, comme une jeunesse qu'elle était.

– Le pain est un peu dur, s'excusa Ratinier

– J'ai de bonnes dents.

Elle les avait toutes, alors qu'il ne lui en restait plus que cinq ou six lorsqu'on l'avait mise en bière. Le Glaude bâilla comme une gueule de sac.

– Je t'y demande pardon, la Francine. C'est l'émotion. Ça m'a coupé les pattes.

– L'émotion ! Parlons-en ! C'est l'estomac, oui, avec tous les litrons que tu as dû t'entonner pendant que j'étais périe !

Le Glaude se tut pour ne pas envenimer davantage la félicité de leurs retrouvailles. La Francine changea d'autorité les draps du lit, des draps qui avaient à peine un petit mois de service. Le Glaude ne put s'empêcher de lui lorgner la croupe pendant qu'elle retapait le traversin. Il y avait un sacré bail qu'il n'y avait pas eu de belle fille entre ces quatre murs. Les oreilles de Ratinier virèrent au rouge.

Quand ils furent couchés, la Francine effrayée sentit une main noueuse lui chatouiller la jambe...

– Le Glaude ! Qui que tu fais ! glapit-elle.

La gorge serrée, Ratinier chuchota :

– Ben quoi... je voudrais t'arranger...

Elle s'assit d'un bond, fit la lumière et s'écria, blanche de colère :

– M'arranger ! M'arranger ! Non mais ! Tu ne t'es pas regardé ! Tu voudrais que je couche avec un vieux, moi qu'ai vingt ans !

– Mais, la Francine... t'es ma femme! Ça se fait, d'arranger sa femme!

– Pas quand elle a vingt ans et qu'on en a soixante-dix, vieux vicieux, vieux cochon, vieux saligaud! Vieux satyre, si t'essaies encore de me toucher, je vais dormir dans le foin!

– Ça, c'est fort! rouspéta le Glaude outré.

– Essaie, je t'y dis, et je te casse le pot de chambre sur la tête, tout vieux pépé que t'es!

Elle éteignit, se recula farouche au bord du lit. Le Glaude dépité, soucieux, resta longtemps les yeux ouverts dans le noir. Assez longtemps pour changer d'idée. Une autre lui était venue, puisqu'il avait la chance unique d'avoir une émule de Lazare à ses côtés.

– Dis voir, la Francine?

– Quoi, encore! Non, c'est non!

– Oh! je parle plus de ça. Je voudrais savoir

– Quoi?

– ...si t'as vu Dieu?

Elle soupira, excédée par tant de balourdise

– Oh! vieux marteau!...

Ce fut ainsi, sur ces derniers mots et de cette façon, qu'ils passèrent leur seconde nuit de noces à l'hôtel du cul tourné.

Chapitre 10

Au matin, le Glaude ouvrit un œil comme on ouvre un volet. Il était seul dans le lit, comme d'habitude. Mal réveillé, fripé, il se dit qu'il avait rêvé le retour de la Francine, qu'elle était bien sage dans sa tombe et sous son géranium.

Du bruit au-dessus de sa tête lui signifia qu'il n'en était rien et que sa petite peste de femme farfouillait dans la malle, au grenier. Il maugréa, rancuneux, quelques propos peu aimables à son endroit et même à son envers, puisqu'il ne lui pardonnait pas de s'être soustraite cette nuit au devoir conjugal. Devoir qu'il eût rempli à la faveur de ces circonstances qui lui avaient, à lui aussi, redonné ses jambes de vingt ans. Jambes dont il ne demeurait plus rien à cette heure.

– Sacré nom de Dieu de fumelle, rouscaillait-il, j'y pensais plus depuis longtemps, aux chtites polissonneries, tranquille comme Baptiste, et la v'là bien qu'est là pour me tourner la tête et même pas la remettre à sa place! Les jeunes, y a pas, c'est bien bon à rien et compagnie!...

Ronchonneur, il ne bougea pas de sa couche, même quand réapparut l'espiègle Francine vêtue en jeunesse 1930. Elle avait repêché dans son trousseau une exquise robe rose bonbon adornée de pompons verts aux épaules. Aux pieds, elle portait des socquettes blanches et des sandales de cuir racorni. Histoire de se venger Ratinier ricana :

– Te v'là à la dernière mode!

Elle était d'excellente humeur, se moqua d'elle-même :

– T'as raison, mon Glaude! Un vrai épouvantail! Mais je peux vraiment pas descendre toute nue à Jaligny.

– Tu vas aller à Jaligny?

– Faut quand même que j'achète quelques habits. Tu vois bien que je n'ai plus rien à me mettre.

Le Glaude songea à la dépense, n'osa pas la mentionner, ravala son amertume. La Francine le devina :

– N'aie pas peur, je ferai l'économie du soutien-gorge! Ça tient tout seul maintenant.

Comme elle avait laissé la porte ouverte, Bonnot entra, intrigué par ce remue-ménage inusité, reconnut avec plaisir sa maîtresse, se frotta à ses mollets. On le repoussa du plat de la sandale en piaillant :

– Mon Dieu, mais tu as encore cette sale bête! Faudra me lui flanquer un coup de fusil sans tarder. Tu vois pas qu'il est tout pouilleux, tout galeux? Une charogne pareille, c'est pas sain dans une maison!

Bonnot, qui avait une expérience sans faille des

inflexions de la voix humaine, battit prudemment en retraite vers les appentis.

Tout en préparant le café, la Francine poursuivit :

– A propos de sale bête, le Bombé est mort, ou pas?

– Il l'est pas. Il est malade, en ce moment. Si jamais tu le vois, tu lui dis que tu es une petite-nièce, ou une cousine...

– J'y avais pensé, pour avoir la paix.

Froissé dans toutes ses affections, le Glaude se leva sans plus piper, s'assit à la table. La Francine lui tendit son bol de café, posa même à côté la bouteille de goutte. Cette attention attendrit Ratinier :

– T'es bien brave. Remarque que j'y mérite. Je t'en ai porté des pots de géraniums et de bégonias, au cimetière. On peut le dire, va, que t'avais une tombe bien propre.

– Oh là là! s'impatienta la Francine, parlons d'autre chose, tu veux? Les morts, je veux plus en entendre causer avant un bon moment!

Le café était trop chaud. Le Glaude en fit du café froid en lui adjoignant une robuste rasade de prune. Une lampée du breuvage le requinqua, et il se rengorgea, épanoui :

– Bon, bon, on n'en parle plus des géraniums et des bégonias. Mais si t'es en vie aujourd'hui, faut quand même que t'apprennes que c'est grâce à moi!

– Grâce à toi?

En cinq minutes, il lui raconta l'histoire de la soucoupe et de la Denrée. Quand il eut achevé son conte de fées, la Francine haussa les épaules, ce qui fit délicatement frissonner ses seins de marbre tiède :

– T'as dû en vider des tonneaux de pinard pendant que j'étais pas là, mon pauvre vieux!

– Je t'y jure sur ta tête!

– Surtout pas, merci bien, je sors d'en prendre! Et toi me prends pas pour une bredine avec tes âneries de soucoupes et de Martiens!

Ratinier s'indigna :

– D'abord, les Martiens et les Oxiens, ça fait deux!

– Avec les saoulards, combien que ça fait?

– Nom de Dieu, tu crois pas aux soucoupes, mais t'es prête à croire qu'on ressuscite comme on se mouche, c'est fort!

– Ça, j'y crois parce que j'y vois!

Ulcéré et vaincu, le Glaude se reversa rageusement une grosse larme de goutte. La Francine se coiffait avec soin, face au miroir. Elle se vaporisa même sur le minois un nuage d'eau de toilette du Bon Pasteur avant de lancer :

– Pendant que je serai partie, tu pourras débarrasser la table et laver les bols. Et, au lieu d'aller vider chopine avec ton acolyte, tu tâcheras de nettoyer par terre, qu'on voit même plus la couleur du carrelage!

Le Glaude en demeura interdit, le nez dans sa gnole. Jamais on ne lui avait manqué de respect à ce point. Sa malicieuse femme-enfant s'en aperçut et pouffa :

– Eh oui, mon Glaude! A partir de dorénavant, tu m'arrangeras plus, et tu me feras plus trimer comme une négresse. C'est pas normal? Pendant toute une vie, j'ai reprise tes chaussettes, lave des draps dans la rivière, preparé le fricot, torché les gosses. Cette vie-là, j'en ai rien vu au tout. Elle a passé comme un éclair, sans rien. Tu crois pas que ça suffit, une vie de perdue? Que je vais recommencer la même alors que j'ai la veine incroyable d'en avoir une deuxième sous la main? Faudrait que je sois complètement idiote! Maintenant, je veux rire, chanter, m'amuser et faire l'amour quand j'en aurai envie, pas autrement. Les corvées, c'est fini, le Glaude. T'as compris ? Non, tu comprends pas, mais ça fait rien, moi j'ai compris pour deux. A tout à l'heure, le Glaude. Si je suis en retard pour midi, tu fais comme si j'étais encore derrière l'église. Qu'est-ce que tu as fait de mon vélo ?

Ce fier discours avait quelque peu assombri Ratinier. L'ancien sabotier se contint. Il eût volontiers administré une paire de calottes à son épouse, pour la calmer. Cela lui était arrivé, autrefois. Mais la mâtine était aujourd'hui plus alerte et vigoureuse que lui. S'il y avait soufflets, ils seraient pour ses joues et ses cheveux blancs. Il grinça, haineux :

– Je l'ai vendu, ton vélo. C'est rare qu'on pédale, dans les cercueils !

Guillerette, la Francine eut un geste d'insouciance :

– Ça fait rien, je ferai du stop, c'est de mon âge. Donne-moi des sous.

Le beau visage du patriarche s'altéra :

– Combien que tu veux ?

– Je suppose que la vie a augmenté, comme la mienne. Donne-moi ce qu'y me faut. Quand on a une femme, faut la nourrir et l'habiller.

– Une femme qui sert à rien, c'est pas une femme ! Et puis, hein, j'ai que la retraite des vieux...

– La retraite des jeunes, c'est encore moins gras, mon petit père.

Au supplice, avec des soupirs à fendre la table, le « petit père » sortit un par un de son portefeuille trois billets que la Francine rafla d'un bloc et sans vergogne. En un tour de valse, elle fut sur le pas de la porte, se retourna, envoya un baiser moqueur à l'aïeul accablé :

– La femme qui ne sert à rien, tu sais ce qu'elle te dit, le Glaude? Non? Eh bien, penses-y! Tu trouveras la réponse dans une chopine!

Il lui aurait bien envoyé le bol à la figure, mais il y avait encore de la prune dedans. De toute façon, la Francine était déjà loin, sur le chemin. Et elle chantait à en perdre la voix. Méditatif, le Glaude se tirailla les moustaches, les yeux rivés sur une banale chiure de mouche collée au mur. Il murmura enfin tout en dodelinant du chef :

– Ben, mes cadets! Ben, mon petit frère! Ça commence bien!

La Francine chantait encore, sur la route. Elle aimait ses muscles. Sa peau claire de blonde. Ses cheveux fous sur ses épaules. Elle avait brusquement envie d'un garçon, et cette envie lui réchauffait le ventre sous sa méchante robe. Elle aimait le printemps, qui le lui rendait bien, ravi de voir un autre printemps que lui marcher à si belles enjambées sur le goudron. Elle entendit une voiture derrière elle, et lui fit signe sans hésiter. C'était une Deux-Chevaux conduite par une fille de son âge. L'auto s'arrêta, la fille se pencha, la tutoya :

– Où tu vas?

– A Jaligny.

– Moi aussi. Monte.

La Francine s'assit à côté d'elle, se mit à bavarder dès que la voiture eut redémarré :

– J'ai craqué ma robe, hier. J'ai déniché cette horreur dans une malle, regarde comme je suis faite. Tu crois que je trouverai quelque chose, à Jaligny? J'ai pas tellement d'argent...

– Achète pas une robe! Prends un jean et un tee-shirt.

– Tu crois? fit la Francine qui n'avait bien sûr jamais porté de pantalon.

– Évidemment! Il fait beau! T'es pas d'ici, toi, je t'ai jamais vue?

– Je suis venue de Moulins pour soigner mon grand-oncle, le Glaude Ratinier.

– T'as qu'à le mettre à l'eau, il ira tout de suite mieux, ce vieux soiffard! Comment que tu t'appelles?

– Francine, comme ma grand-tante.

– Je m'en rappelle d'elle. J'avais dix ans quand elle est morte, la pauvre femme. On peut dire qu'elle a mené une triste existence, comme à peu près toutes, d'ailleurs, dans ce temps-là. Moi, mon nom, c'est Catherine Lamouette, mes parents sont au domaine du Mouton-Brûlé, je te dis ça comme ça, vu que t'y connais pas.

La Francine sourit en repensant à cette Catherine Lamouette qui était si vilaine quand elle était petite. Elle ne l'était plus du tout et portait avec chic les mêmes jean et tee-shirt qu'elle venait de conseiller à sa voisine.

A Jaligny, elle insista pour accompagner la Francine dans la boutique de vêtements, l'escorta aussi dans le réduit d'essayage. La Francine, qui était malgré tout d'une autre génération, n'osait pas se déshabiller devant sa nouvelle camarade. Celle-ci s'impatienta :

– Eh bien, qu'est-ce que t'attends? Je ne vais pas te violer, je ne suis pas équipée pour!

Elles rirent, et la Francine passa enfin sa robe par-dessus sa tête. Catherine sifflota, admirative :

– T'as de sacrés beaux seins, ma petite! Je voudrais bien avoir les mêmes. Les miens, à côté, c'est Laurel et

Hardy. Tu dois faire baver les mecs, avec ça. Très bien, le jean. Il te serre la taille et te colle bien aux fesses.

La Francine enfila le tee-shirt blanc qu'elle avait choisi. Il y avait des mots d'anglais écrits dessus en rouge, qu'elle ne comprenait pas : *Make love, not war*

– Au poil, estima Catherine.

La Francine protesta, le pourpre aux joues :

– Mais non! C'est pas au poil, comme tu dis. On voit tout!

– Qu'est-ce qu'on voit?

– Ben... les bouts...

– Et alors? C'est fait exprès pour que ça pointe. Ça t'envoie direct les mecs chez les dingues. Et c'est joli.

– Tu crois?

– Ma parole, t'es pas de Moulins! T'as été élevée dans les bois! Garde ça, y a pas mieux pour ce que tu as!

La Francine acheta encore des espadrilles, abandonna sa robe rose au marchand pour qu'il s'en fît des essuie-meubles. Ce marchand la dévisageait d'une façon infiniment plus équivoque qu'autrefois, quand elle venait tâter les habits de velours pour le Glaude.

– T'as vu le père Bezugne, pouffa Catherine dès qu'elles furent dehors, y pouvait plus durer! Y va courir se les tremper dans la Besbre! Allez, viens, j'ai soif, je te paie un Coca.

A la terrasse du *Café du Bourbonnais,* trois jeunes gars habillés en motard discutaient avec deux tendrons enroulés dans des rideaux multicolores style Indira Gandhi. Les gars braillèrent :

– Ho! Catherine, par ici!

– Cathy, viens donc là avec ta copine!

– C'est pas sa copine, fit le troisième un ton plus

bas, c'est la fille de Brigitte Bardot, nom de Dieu!

Si la Francine avait encore besoin d'une preuve de sa beauté, elle put la lire sur le nez allongé des deux demoiselles en sari. Accessoirement, dans les six yeux des mâles épinglés en rang d'oignons comme des badges sur sa poitrine.

– Tu vois qu'il te va comme une paire de mains, ton tee-shirt, lui souffla Catherine en s'installant et en l'invitant à s'asseoir. Elle ajouta, fière de sa découverte :

– Eh bien, Lulu! Qu'est-ce que tu regardes? Monte à l'étage au-dessus.

Le nommé Lulu grommela qu'il y en avait qui en avaient de trop et d'autres pas assez. Les Indiennes le prirent pour elles et se renfrognèrent encore davantage. Robert, celui dont la voix avait mué à la vue de la Francine, se pencha sur elle, la fixa dans les yeux. Catherine prévint son amie :

– Méfie-toi, Francine. C'est le plus câlin des trois.

C'était aussi le plus plaisant. Il se servait de son sourire comme de son accélérateur à la sortie des virages. La Francine reçut ce sourire en pleine figure. Elle reçut de même cet aveu des plus doux :

– Je te sauterais bien, Francine...

Elle se dit que les méthodes de séduction avaient probablement changé depuis 1930.

A midi et demi, le Glaude se résigna à grignoter un bout de lard sur le coin de la table. La Francine n'était pas rentrée, la Francine lui compliquait la vie, le perturbait dans ses horaires réguliers. Il digérait mal, en outre, les propos révolutionnaires qu'elle lui avait tenus. Elle avait bien changé, entre ses quatre planches. La brave femme, bonne ménagère, bonne cuisinière, bonne mère de famille lui était revenue sur les ailes de feu de la contestation.

Ratinier en accusait la Denrée, qui avait dû se tromper de dose dans ses mélanges, s'empêtrer dans ses cornues. On voyait bien qu'il ne connaissait rien aux femmes, celui-là ! Quand on n'était pas capable de conduire une soucoupe de formule 1, on ne pouvait recréer autrement la matière que tout de travers.

Ladite matière ne réapparut qu'à une heure, un paquet à la main. Le Glaude, qui l'attendait en arpentant la cour, poussa des cris de goret qu'on charge dans une bétaillère :

– Qui que c'est que cette tenue qu'on n'oserait pas y mettre au bordel de Moulins ! Mais t'as perdu la boule, la Francine, qu'on voit tes deux nichons dans cette espèce de maillot de corps comme si t'avais le cul à l'air ! Et qui que c'est que ce pantalon ! C'est au cimetière qu'on t'a appris toutes ces mauvaises manières ?

Loin de la démonter, cette explosion laissait la Francine enjouée, rieuse :

– Te fâche pas, pépère, où tu vas te cracher dans une epingle à cheveux ! Tu peux pas être un peu plus *cool,* non ? Un chouia plus décontracté, quoi ?

Le Glaude se voulut terrible, majestueux :

– Tiens, t'es qu'une dévergondée !

– On lui dira ! Mais arrête ton tir, papa, tu vas me donner des boutons !

Ratinier se tira les moustaches de gauche à droite puis dans l'autre sens avant de lancer, vindicatif :

– J'ai pas lavé par terre !

La belle bouche rouge de la Francine produisit un bruit incongru avant de persifler :

– Ça alors, si je m'en fous! Vis dans ta crasse, mon vieux! Moi, je vais manger au soleil.

Elle ouvrait son paquet, en sortait des yaourts, des pommes chips, une bouteille de Coca-Cola. Le Glaude s'indigna :

– Tu vas bouffer ça? Boire ça? Mais c'est pire que des prunes vertes! Tu vas attraper la colique!

– *Cool,* je t'ai dit : *cool!* Va vider ton litre et oublie-moi! Les jeunes avec les jeunes, les vieux avec les vieux! *Ciao, bambino! Adios, amigo!*

Elle lui tourna le dos, s'en alla en dansant dans le champ. Le Glaude n'avait pas saisi un mot du nouveau vocabulaire dont elle avait fleuri ses propos de petite malhonnête. Il gueula soudain :

– La Francine! Ma monnaie!

Pour toute réponse, elle s'administra une claque sonore sur une fesse et cria, joyeuse :

– La v'là!

Tant d'insolence démâta Ratinier qui, bras ballants sous le poids des mondes hostiles, se rendit au chevet de son voisin pour y trouver consolation.

Toujours alité, le Bombé se sentait mieux ·

– Ça m'a fait du bien, tes huiles de pied de bœuf. Demain, je me lèverai. Mais t'en fais une gueule, l'ami! T'as l'air de sonner le creux comme un tonneau vide!

– M'en parle pas, Cicisse! J'ai du monde à la maison.

– C'est donc ça qu'y m'avait semblé entendre causer dans la cour...

– C'est une petite-nièce de Moulins qu'est venue me voir.

– T'as de la parenté à Moulins? Tu me l'as jamais dit.

– C'est pas le problème ! Y a qu'elle est pas bien polie et que ça me contrarie dans mes idées. A vingt ans, c'est canaille comme les rats et ça respecte rien. Même qu'elle m'a dit que j'étais qu'un *cool*.

– Un *cool*?

– Un *cool*, oui mon gars. Parfaitement. A mon âge. Tu sais ce que ça veut dire, toi ?

– Ma foi non...

– Ça doit être encore une grossièreté.

– Et elle va rester longtemps, ta drôlesse ?

– J'y sais pas...

– Fous-la dehors !

– T'es bon, toi ! Je passerai pour qui, à Moulins, pour un cannibale qui reçoit sa famille à coups de fourche ?

Le Bombé admit ces scrupules :

– T'es comme moi, le Glaude, t'as le sens de l'honneur. Mais te caille pas les sangs. Elle restera pas, ta musaraigne. Y a rien pour s'amuser, aux Gourdiflots, et ça pense qu'à s'amuser au lieu de travailler, ces chtits bandits ! Va donc me chercher à boire, que je suis trop handicapé dans les escaliers de la cave !

Ratinier acquiesça, remonta quelques litres. Ils y goûtèrent jusqu'à ce que le grabataire s'endormît en ronflant, terrassé par son mal. Le Glaude s'éclipsa sur la pointe des sabots, se dirigea vers son champ pour avoir des nouvelles de son épouse. Ce qu'il vit le fit encore blêmir. Elle était allongée sur le ventre, dans l'herbe, toute nue, son tee-shirt vaguement posé sur les fesses. Elle lisait un magazine avec des images. Le Glaude s'approcha en tempêtant :

– Francine ! On peut te voir !

– Eh bien, regarde! Ça me gêne pas! fit-elle sans se détacher de sa lecture.

Il s'étrangla :

– Moi, je dis pas que je peux pas y regarder! Mais n'importe qui peut arriver!

– Et alors? Il en perdra pas la vue. C'est pas dégoûtant, une fille nue. Y en a qui paient cher pour en voir. Tu voudrais quand même pas que je me fasse payer!

– Manquerait plus que ça!

– Je prends un bain de soleil, c'est pas un crime.

– Ça se fait pas, nom de Dieu de nom de Dieu de gourgandine!

Agacée, la Francine coula un œil sévère par-dessus son épaule :

– Ça se faisait pas hier, eh bien, ça se fait aujourd'hui! Tout à l'heure, au bistrot, on m'a dit que c'était interdit d'interdire. J'y savais pas, mais j'y trouve pas idiot. Maintenant, laisse-moi lire!

Hors de lui, Ratinier proféra :

– T'aurais mieux fait de rester où que t'étais, sale bête!

– J'ai tout mon temps pour y retourner. Mais y a pas, Glaude, t'es gentil! Ça fait plaisir d'écouter ça. Ça fait pas vingt-quatre heures que je suis en vie que tu me souhaites la mort. C'est pas bien.

Toujours en rage, Ratinier planta là cette créature impudique et courut s'asseoir sur son banc en marmonnant. Là, au moins, on n'était pas aux Folies-Bergère

– Nom de Dieu de bouse, ronchonnait-il, dire que dans le temps je pouvais l'arranger que dans le noir, pas question d'y voir un téton, sûr qu'elle est tombée bredine pour montrer comme ça son cul à tous les passants!

Plus tard, calmé, il convint à la longue qu'il n'avait quand même pas eu raison de regretter qu'elle fût sortie de la tombe. C'était méchant de sa part. Même si cette Francine-là n'était pas sa Francine à lui, il devait être content qu'elle vive et soit heureuse. Il l'avait aimée, ce n'était pas sa faute à elle s'il n'en avait plus l'âge. Il lui pardonna ses extravagances, à la fois pacifié et chagrin.

Quand déclina le soleil, elle revint à la maison, rhabillée. Elle lui en voulait toujours de sa malédiction et, avant qu'il ait pu lui dire quelque chose de civil, elle lui lança de plein fouet dans les moustaches :

– Faut quand même que t'apprennes, avant de mourir à ton tour, que j'ai couché avec Chérasse !

Ahuri, il bredouilla :

– T'as couché avec Chérasse ?

– Ah ça t'amuse pas, hein ? Bien moins que de me voir toujours dans la tombe ! Parfaitement, que j'ai couché avec le Bombé !

– Mais quand ça ? Tout à l'heure ?

C'était à elle, à présent, d'être féroce :

– Mais non, pantoufle ! Pas tout à l'heure ! Pendant que t'étais prisonnier !

– C'est pas vrai ! rugit le Glaude, t'as pas couché avec ce bancal !

– Oh ! tu sais, il y faisait pas avec sa bosse.

Éperdu, Ratinier éleva la main. La Francine ramassa un couteau sur la table et, plus vive qu'une guêpe, le pointa vers le vieux :

– Si tu me touches, t'es mort et, tu peux me croire, y a mieux que ça à faire sur terre !

Le Glaude recula, murmura bêtement :

– Et j'y ai jamais su!...

– On n'allait pas t'y dire.

– Mais pourquoi que vous y avez fait?... geignit le Glaude.

– Je m'ennuyais... Y s'ennuyait... T'étais si loin... c'était pas grave...

Elle aussi, soudain, regrettait d'avoir parlé. Ce n'était pas malin de lui être désagréable. Il s'était assis pesamment, soufflait :

– Finalement, alors, t'étais qu'une putain, la Francine?

– Même pas, le Glaude, chuchota-t-elle. J'étais qu'une femme toute seule. Pardonne-moi.

– Non.

– Comme tu veux. Mais y a quarante ans de ça. Penses-y. C'est vieux.

– Pour moi, c'est du tout neuf.

– Te tracasse pas trop avec ça, mon Glaude. Fais comme si je t'avais rien dit.

– Tu parles, me v'là cocu d'un seul coup, et faut que j'y prenne bien!

– Mais on n'est pas cocu des quarante ans après! Quand t'es revenu, ça a été fini, et je t'ai aimé comme avant, je t'y jure.

Elle lui passa avec tendresse une main dans ses cheveux hirsutes et plus sel que poivre. Il la lui retira et, sa première vague de colère refluée, se mit à bouder. A la vérité, manquant de plus en plus d'imagination, il ne parvenait pas à sombrer dans le malheur des lustres et des lustres après son infortune. Il avait même connu des cocus heureux. Il l'avait été. Il n'y avait peut-être pas de quoi monter le cirque et décrocher le fusil. Mais il y avait de quoi boire un verre, ce qu'il fit sans redouter, cette fois, d'être houspillé.

L'aspect actuel de la Francine, en outre, n'était pas celui de l'infidèle, et ce dédoublement de la personnalité égarait bigrement les rancunes du Glaude, qui ne savait plus où, ni sur qui, les placer. Il y avait eu tant de Francine! Plusieurs! Et celle-là n'était pas la bonne. Ce n'était pas cette jeune femme qui l'avait trompé. Cette jeune femme là n'avait été qu'à lui.

– Y a de quoi virer bredin! grommela-t-il.

– Faut pas...

Peu à peu rassurée quant aux capacités de désespoir du Glaude, elle se rapprocha en douceur du miroir, se peigna, se pomponna, se sourit, se montra les dents qu'elle avait blanches et bien alignées. Elle oubliait. En fait, elle avait oublié depuis longtemps. Elle fit, un peu timide malgré tout :

– Ça t'embête pas si je sors, le Glaude?

– Où que tu vas?

– Au bal. Avec la Catherine Lamouette. Elle vient me chercher.

– La chtite Lamouette?

– Pas si chtite que ça. Tu sais, on a vingt ans toutes les deux.

– Je m'y habituerai jamais, à vos nom de Dieu de vingt ans! Eh bien, va danser. Amuse-toi bien.

– Merci, Glaude.

– Rentre quand tu voudras. Je suis plus ton mari et je suis ni ton père ni ton grand-père. T'as même le droit de me faire cocu, maintenant.

Elle se força à rire gentiment :

– Ça… j'y sais pas encore… Mais t'es bien brave, mon Glaude.

– Oui, je suis le brave con, le bon con, quoi…

– Non. Si tu l'avais été tant que ça, je me serais jamais mariée avec toi. Je file, j'ai entendu klaxonner sur la route.

En passant près de lui, vite, elle lui planta un baiser sur la joue avant de disparaître. Ce baiser de paix résonna un moment dans l'oreille de Ratinier. Puis le Glaude se mit à songer au Bombé avec acrimonie. Réflexion faite, Cicisse allait payer pour la Francine. Si elle n'était plus la même, il était toujours le même traître, lui, l'immonde qu'il convenait d'écrabouiller. Ratinier grimpa sur une chaise, s'empara du fusil, ne jugea malgré tout pas prudent de le charger et s'en alla vers la maison du fourbe. Il en ouvrit sans frapper la porte à toute volée.

Cicisse, qui buvait un canon dans son lit, en renversa de terreur la moitié sur ses couvertures. Il tonna : « Espèce de… » avant de ravaler la suite, glacé par les deux canons de l'arme collés sur son nez.

– Haut les mains, Judas ! criait le Glaude, haut les mains, et continue ce que tu voulais dire ! Tu voulais pas me dire « espèce de cocu », des fois ?

Épouvanté, Chérasse leva les mains avec son verre qui se renversa en goutte à goutte de vin sur son bonnet de nuit.

– Fais pas l'andouille, le Glaude, grelotta le Bombé, qu'est-ce qu'y te prend ?

– Y me prend que je suis cocu !

– Ah bon ? Par qui ?

– Par toi, vieille charogne !

Malgré sa position embarrassante, Chérasse haussa les épaules et s'étonna :

– Mais enfin, le Glaude... Comment que tu veux être cocu, même par moi, puisque t'as point de femme?

– J'en ai eu une! Et tu me l'as arrangée, bon Dieu d'embusqué, pendant que j'étais prisonnier!

Oubliant le péril, Cicisse se croisa les bras :

– Quel est le fumier qui t'a raconté ça! Ça a jamais existé! Je t'y jure sur la tête de ma mère!

– Elle en risque rien, où qu'elle est! Lève les mains!

– Non! Tue-moi plutôt, mais dis-moi qui c'est qui t'a fait croire des menteries pareilles!

– J'y tiens de source sûre, mon loulou. C'est ma petite-nièce qui m'y a dit. A Moulins, toute la famille y savait. De me voir copain avec toi qu'es un félon, ça lui a fait malice, à la chtite enfant, et elle m'a ouvert les yeux, et je les ouvre, et qui que je vois : un monstre, une vipère qui s'est glissée dans mon lit pour me déshonorer et me planter des cornes pendant que je me faisais trouer la peau!

Le Bombé s'étonna derechef, à côté du sujet :

– Tu t'es fait trouer la peau, au stalag?

– Presque! Et m'interromps pas ou je te bousille! J'ai du 5 à droite et du 3 à gauche. De quoi te faire passer la cafetière au travers du mur! Mais... mais... qui que t'as, Cicisse? Le v'là ben qui pleure!...

Le Bombé flanchait soudainement, se cachait la tête entre ses mains :

– Oui, que je pleure sur mes infamies, pisque me v'là quasiment sur mon lit de mort. T'as raison, le Glaude J'ai arrangé la Francine pendant que t'étais pas là. Je peux bien y dire, pisqu'elle est morte.

– Alors, pourquoi que tu t'en défendais?

– Je voudrais bien t'y voir, toi, avec les deux canons sous le pif! Et puis, d'un seul coup, je me suis revu avec elle, la pauvre malheureuse qu'est au ciel, et ça m'a donné envie de pleurer. Tire, le Glaude, tire! J'y ai pas volé! C'est vrai que je suis qu'une ordure! Qu'une merde de chien!

Contre toute attente, l'aveu rasséréna tout à fait Ratinier, le désarma, même, puisqu'il déposa son fusil contre le bois du lit. Il aurait bien demandé un verre, mais ce n'était, hélas, pas le moment. Il grogna :

– Arrête de pleurnicher, t'es vilain comme un cul quand tu fais tes grimaces! Comment que vous y avez fait, la Francine et toi?

– Ben... comme tout le monde..., bredouilla Chérasse.

– Je te demande pas des détails! Comment que c'est arrivé?

Le Bombé, prostré, réfléchit, remonta dans la nuit des temps, reprit sans le savoir les mêmes mots qu'avait employés la Francine :

– Elle s'ennuyait... Je m'ennuyais... C'était l'hiver.. Et puis t'étais si loin!... J'y coupais son bois... Des fois, elle m'apportait un bol de soupe. On causait un peu. On n'était pas vieux... Ça fait que c'est arrivé tout seul. Mais on s'en voulait, le Glaude, on s'en voulait! On se disait qu'elle était qu'une bourrique, que j'étais qu'un verrat...

– Et pis vous recommenciez...

– D'accord, d'accord, tant que ça pouvait, mais avec du remords partout. Tu nous en as gâché des soirées!

– Excuse-moi.

– Oh! c'était pas de ta faute!

– Merci quand même.

Le Bombé s'anima, termina malgré tout son verre avant de se frapper la poitrine :

– Fusille-moi, le Glaude, je suis qu'un indigne pas digne de ton pardon ! Fusille-moi, ou je me pends pour de bon avec une grosse mère corde pour pas me rater !

Le Glaude l'apaisa du geste, et ce fut à son tour de retrouver les paroles de la Francine :

– Ça vaut plus le coup. C'est pas d'hier. Des quarante ans après, c'est plus bien grave. Dans le fond, on n'est pas cornard à tant de distance.

– Pas question, râla Cicisse, toujours grandiloquent à contretemps. Je réclame mon juste châtiment ! Faut que j'expie ! Je t'ai poignardé dans le dos comme Mussolini !

– Ta gueule, le Bombé, fit Ratinier placide. Tu me fatigues !

Ils observèrent un long silence, perdus dans leurs pensées. Le Glaude pensait de plus en plus, par exemple, à boire un canon. Plus élevé dans ses sentiments, le Bombé finit par avouer, d'une voix un brin cassée par une émotion qui passait par là :

– Tu sais comme je suis, le Glaude. Je suis qu'un pauvre tordu tout torse. Les fumelles, elles se sont jamais crêpé le chignon pour m'inviter à danser. Je peux bien t'y dire, maintenant qu'on n'en est plus là, mais à part celles des gros numéros, j'ai jamais eu qu'une femme. Et c'était la tienne...

L'émotion, qui n'était pas pressée de s'envoler, posa ses papillons sur la casquette de Ratinier. Celui-ci murmura :

– Je me suis marié jeune, Cicisse. Moi aussi, comme

toi, a part quelques catins à l'armée, j'aurai eu qu'une femme..

Le Bombé conclut, mélancolique :

– Ça fait qu'on en a eu qu'une pour tous les deux, la même...

– Eh oui, mon vieux gars... la même...

L'instant était enfin propice pour trinquer. Le Bombé quitta sa couche en se frictionnant les reins, sortit un litre. Ils burent enfin avec un plaisir évident, éclatant.

– C'est meilleur qu'une paire de fesses, déclara le Glaude sûr de son propos. Dire qu'on allait se brouiller pour ça !

– Oh ! moi, je te demandais rien, remarqua Chérasse. C'est toi qui voulais me faire péter deux cartouches dans la tirelire !

Le Glaude « cassa » son fusil, le montra à Cicisse :

– Y avait rien dedans, ballot. C'était pour te faire peur.

Puisque la minute était de vérité, Ratinier décida de purger son âme une bonne fois, de crever l'abcès qui la dévorait ou la titillait, selon les lunes, depuis l'âge de ses dernières culottes courtes. Il toussota pour parler net :

– Moi aussi, mon gars, j'ai une bosse. Même qu'elle se voit pas.

– J'aimerais pouvoir en dire autant, rognonna le bossu.

– Dis pas ça. J'ai une bosse dans le cœur, moi. Grosse comme une pièce de cent sous. Même qu'elle remonte à Jésus-Christ. Cicisse, ce soir, faut que je me vide comme un lapin. Le jour du certificat, c'est vrai que j'ai copié sur le grand Louis Quatresous. Je l'aurais jamais eu sans ça. Aussi vrai que t'as arrangé la Francine.

– Ah bon? s'épanouit le Bombé. J'en étais pas certain. C'était que des on-dit. C'est pas bien, ce que t'as fait là.

– C'est bien pour ça que ça me rongeait. Maintenant, je vais mieux respirer. Des fois, j'avais une boule dans la gorge. Ça t'y faisait pas, quand je suis rentré d'Allemagne? Après tout, toi aussi, t'avais copié sur moi.

– C'est pas pareil, fit le Bombé qui s'estimait purifié par cette révélation. Arranger la Francine, ça prouvait pas que j'étais bête comme un fourneau!

– Oublie pas, s'irrita le Glaude, que j'ai pas encore pardonné, pour tes trahisons! Que j'ai des cartouches dans la poche! Que je peux encore t'abattre comme un renard!

– Je préfère qu'on boive un coup, concéda Chérasse en s'empressant d'emplir les verres ras bords. Ce geste apaisa Ratinier. Cicisse soucieux geignit :

– C'est exact, que tu m'as pas pardonné. Ce que tu es rancunier, quand même! Mon âne était pareil. T es aussi carne qu'il était, le Glaude?

– Ça va, ça va, je te pardonne.

– Moi aussi.

– Quoi, « moi aussi »? T'as quelque chose à me pardonner, toi?

– Parfaitement! A cause de toi, j'ai fréquenté un copieur pendant des années! Eh bien, je passe l'éponge!

La Francine ne rentra pas de la nuit. Au matin, le Glaude se rendit comme chaque jour à son jardin, après avoir pansé ses poules et ses lapins Il y avait toujours à s'occuper, dans un jardin. Quand c'était pas trop sec, c'est que c'était trop humide. Quand c'était pas les courtilières qui attaquaient, c'était les doryphores.

Le Glaude ne songeait plus du tout à la Francine quand

il entendit un fracas de moteur. Le bruit venait de sa cour. Ratinier leva la tête, vit une moto rouge devant sa porte. Un jeune gars casqué et vêtu de cuir la conduisait. La Francine sauta de l'engin, aperçut le Glaude, courut à lui. Elle avait enfilé un pull-over d'homme par-dessus son tee-shirt. Elle s'arrêta, essoufflée, radieuse, à quelques pas du jardinier :

– Je m'en vais, Glaude. Mais j'ai pas voulu partir sans te dire au revoir.

– Tu pars? murmura Ratinier plutôt tracassé par les limaces, et où donc que tu vas?

– A Paris.

– A Paris! T'es pas folle!

– Y a que là qu'on trouvera du travail, Robert et moi. Robert c'est lui, précisa-t-elle en désignant le jeune à la moto. Même qu'on s'aime et que je me suis donnée à lui comme dans les livres.

– T'es sûre au moins que c'est un brave garçon? s'inquiéta le Glaude.

La Francine lui sourit, toute claire :

– J'y verrai à l'usage. Si c'est pas ça qu'est ça, j'en changerai. Le Glaude, ça te fait pas trop de peine, hein, que je m'en aille?

– Ben... Faut faire à ton idée...

– Je pourrais pas rester, justement, à cause de ça. Les idées, on n'a plus les mêmes. On ferait que s'engueuler. J'aime mieux qu'on se quitte bons amis. Tu crois pas, le Glaude?

– Si...

– Tu m'en veux pas?

– De quoi que je t'en voudrais, ma petite fille? J'y comprends, va, que tu peux pas vivre avec un vieux.

– Va, t'es pas si vieux que ça, fit-elle gentiment. L'autre nuit, t'avais ben encore de la coquinerie en tête.

– Marche, ça aurait pas duré aussi longtemps que les rhumatismes. Ça vaut mieux que tu partes, va. Toi aussi, tu m'aurais agacé à m'empêcher de vivre comme je vis depuis que t'es morte. Enfin... morte... C'est manière de causer.

– Glaude, j'ai été rosse, hier, de te dire que j'avais vécu comme une bête, avec toi. C'était pas vrai. On a eu des bons moments.

– C'est bien ce que je pensais aussi. J'ai aimé que toi, Francine.

– Moi pareil, mon Glaude. Le Bombé, je l'ai pas aimé, tu sais.

– J'y sais. Maintenant, ma Francine, faut que tu sois heureuse tout plein.

– Je vais y essayer.

– Ça sera pas facile tous les jours, ma chtite. Le monde a bien changé, et pas tellement en bien. Enfin... Ça encore t'y verras par toi-même. Et va pas te faire enceintrer tout de suite, t'as le temps!

– Catherine m'a donné des pilules.

– Des pilules! C'est ça qui t'a menée en terre!

– C'est pas les mêmes. Glaude, je t'écrirai pour te donner de mes nouvelles.

– Merci, ma fille.

– Dans trois, quatre heures, je suis à Paris. Ça va vite, avec l'autoroute et la Kawasaki.

– On devait y aller, tu t'en rappelles, en 39. Et puis on n'a pas pu...

– Je t'enverrai une carte. Ça reviendra presque au même.

– Presque, oui...

Elle s'approcha de lui :

– Faut que je t'embrasse, Glaude.

– Je dois sentir le pinard.

– Dis pas de bêtises.

Ils s'embrassèrent sur les deux joues. A son oreille, il souffla :

– Je te souhaite tous les bonheurs, ma Francine.

– Moi aussi, mon Glaude.

– Oui, mais c'est comme pour les pilules, c'est pas les mêmes...

Elle l'embrassa encore, une larme à l'œil, avant de s'esquiver, plus légère qu'un brin d'herbe. Elle se retourna dix fois, le bras levé, et le Glaude la saluait aussi. Quand la Kawasaki ronfla et démarra, la Francine, assise à l'arrière, se retourna encore et encore, jusqu'au bout du chemin. Et puis elle disparut, probablement pour de bon cette fois. A présent, plus personne au monde ne reprocherait au Glaude sa petite tendance à boire le canon.

Quand Ratinier n'entendit plus du tout le moteur, il regarda le ciel. Pas pour y voir Dieu. Elle le lui avait dit, la Francine, qu'il n'y en avait pas davantage que de beaujolais dans le puits du Bombé. Les mains sur le manche de son râteau, le Glaude soupira à l'adresse, là-haut, de la Denrée :

– Tu vois, mon gars, eh bien, moi, des tournées pareilles, je vas t'y dire : je m'en serais bien passé !

Chapitre 11.

– Oui, mon petit gars, je m'en serais bien passé que tu me la ressuscites, ma pauvre femme. Ça m'a causé bien du tintouin, et pire que ça : de la misère.

– Je pouvais pas deviner, le Glaude...

– Toi non, puisque tu sais pas que les femmes ou c'est tout chaud, ou c'est tout froid, ou les deux à la fois. Mais moi, j'y savais ! Faut croire que j'y avais tout oublié.

– Excusez-moi, le Glaude...

– Oh ! je t'en veux pas. Si elle est heureuse comme ça, je te remercie quand même pour elle. Après tout, si elle l'est pas, elle peinera pas à l'être davantage que dans le trou ! Faut pas penser qu'à soi, dans la vie, la Denrée. Oh ! mais dis donc, j'y avais pas vu, que t'avais changé de costume !

La combinaison de la Denrée, en effet, n'était plus jaune et rouge, mais blanche et verte.

– J'ai eu de l'avancement, se rengorgea la Denrée. Je ne suis plus Oxien de deuxième classe, mais de première.

– Y a bien des choléras de Légion d'honneur partout ! constata le Glaude en préparant le chou qu'il était allé cueillir en pleine nuit, à la lampe électrique, dès qu'avait atterri la soucoupe. Il maugréa :

– C'est que, la soupe aux choux, faut que tu comprennes que j'en fais pas tous les jours ! Je suis pas comme toi qui pourrais en bouffer des brouettes. Moi, je m'en lasse, et y en a maintenant pour une bonne heure à y faire cuire ! Tu devrais prévenir, quand tu viens.

– Vous serez averti, dorénavant. Je suis autorisé à vous laisser une boîte un peu comme la mienne. La voici.

– Et alors ? Qui que j'en ferais ? Je sais tout juste remonter une montre.

– Vous n'aurez pas à y toucher. Quand je voudrai vous parler, elle s'allumera, c'est tout. A présent, le Comité des Têtes veut que je puisse vous joindre à tout moment.

Le Glaude tiqua :

– Quand le Bombé verra cet engin sur le buffet, y se demandera qui que c'est !...

– Il ne la verra pas, la boîte. Elle sera invisible pour lui et ne réceptionnera pas dès qu'il sera à côté. Elle n'est branchée que sur vos ondes personnelles.

Ratinier sifflota, reconnut :

– Dans votre partie, vous êtes pas des mauvais mécanos...

La Denrée eut un petit sourire qui était moins petit de taille qu'auparavant. Ratinier s'en aperçut :

– On dirait que ton sourire s'est arrangé depuis

la dernière fois. Tu souriais comme une grenouille.

– J'apprends. Le Comité des Têtes m'a dit d'apprendre pour leur apprendre.

Il ajouta, excité :

– Ça bouge, là-haut, ça bouge de plus en plus! Grâce à vous, le Glaude.

– Grâce à moi?

– Oui, grâce à votre soupe. A cause d'elle encore, on m'a donné la soucoupe qui met deux heures au lieu de trois.

– Ah bon? j'ai cru que c'était la même.

– Du dehors, oui, mais pas du dedans. Je suis content, le Glaude. Je commence à être considéré.

Ratinier rigola :

– Tout ça pour un pot de soupe, vous êtes bien des drôles d'articles! Mais je t'y avais pas dit, que tu monterais en grade, je t'y avais pas dit, peut-être?

– Si...

– Et qu'il te manquait que de boire le canon pour leur grimper par-dessus la tête, à tes cinq têtes?

– Si...

– Tu vas pas y essayer, aujourd'hui?

La Denrée ne répondit pas aux avances de cet ardent propagateur de la foi, à cet enthousiaste pédagogue entaché de prosélytisme. Le Glaude bougonna, tout en épluchant ses pommes de terre :

– T'en fais pas, va! Si t'as de l'ambition, t'y viendras! Chez nous, les huiles, ça boit que du pinard, et pas du pinard de soldat! Que du vin bouché. Que du cacheté qu'on peut pas s'y payer, nous autres, puisque c'est nous qu'on leur paye.

– A propos, grimaça la Denrée qui s'abîmait la

bouche à tenter de sourire sur une échelle de plus en plus vaste, je vous ai ramené votre pièce d'or.

Il souleva l'espèce de musette qu'il avait mise à terre en entrant, la posa sur la table. Non sans y avoir été convié, le Glaude y plongea la main, la retira pleine de napoléons rutilants.

Il bredouilla :

– Mais, la Denrée... mais... y en a pour des millions ! T'entends, des millions !

Naturellement, la Denrée prononça le mot comme le prononçait le Glaude :

– Possible qu'y en a pour des mi-yons. En tout cas, c'est à vous.

– A moi ? Tout ça !

– Tout ça. Qu'est-ce que vous voulez que j'en fasse, de ce métal ? Ça vous amusait d'en avoir, en voilà.

Il fut horriblement gêné quand le Glaude le prit dans ses bras, l'étreignit en clapotant des deux sabots. Ces effusions terrestres avaient toujours désarçonné l'être venu d'ailleurs, d'endroits où l'extravagance de se serrer la main ne serait venue à personne. Il tenta de se dégager sans froisser Ratinier :

– Je vous en prie, le Glaude, ce n'est rien du tout, que deux minutes de travail d'un apprenti chimiste de sixième !

Le Glaude hocha la tête, pas mal rêveur et un peu triste à cette idée :

– Deux minutes de travail ! Eh bien, chez nous, la Denrée, c'est le travail de toute une vie de sabotier...

Il courut enfouir la musette dans sa maie, la recouvrit de vieux torchons. Il changerait la cachette de place dès que la Denrée serait parti. On avait beau lui faire confiance à cet ours-là, n'était-il pas capable de se raviser et de reprendre son magot?

Tous les légumes, jetés dans le faitout, mijotaient sur la cuisinière que Ratinier avait dû rallumer à des deux heures du matin. Avide, la Denrée retira le couvercle, se pencha sur le récipient.

– Qui que tu fais? l'engueula le Glaude.

– Je sens...

– Remets ce couvercle! Ah ben, ça j'y ai bien jamais vu, cette rage autour d'une soupe! Va à ta place, qu'elle sera jamais cuite si tu viens lui faire des courants d'air dans le dos à tout bout de champ!

La Denrée se rassit, sourit encore à s'en écarteler les joues. Il révisait ses leçons de sourire pour un oui, pour un non.

– D'analyse en analyse, le Glaude, nous avons trouvé pour la soupe. Nous avons surtout étudié la moindre de vos paroles pour en extraire le fin du fin de votre psychologie, d'une terrible complexité, entre parenthèses. Nous en avons déduit que cette soupe était une soupe nommée plaisir.

– Ça fait qu'elle est plus empoisonnée, railla Ratinier, plus dangereuse?

– Nous avons été 26 % à penser qu'elle présentait un risque de décadence. Les 74 % restants ont estimé qu'un instant de plaisir en valait la chandelle.

– Ça, j'y ai toujours dit!

La Denrée admira cette grandeur dans la simplicité, reprit :

– Grâce à vous, ou à cause de vous, le Glaude, la notion de plaisir prend pied sur Oxo. C'est un événement considérable, une révolution. C'est pourquoi nous mettons le sourire à l'essai, puisqu'il est la manifestation extérieure du plaisir. Attention! Nous contrôlons de près cette aventure. Même ses partisans reconnaissent à la soupe aux choux des pouvoirs destructeurs dus au ramollissement des énergies qu'elle provoque. Elle ne sera servie que sur ordonnance, à l'occasion des fêtes et des anniversaires. La rareté du plaisir en fait le prix, ont décrété nos savants.

– Tu leur diras de ma part que, pour trouver ça, ils se sont moins cassé la nénette que sur la vitesse de leurs soucoupes! rigola encore le Glaude.

Après s'être allumé une cigarette de son bon vieux tabac gris puisé dans sa bonne vieille blague de caoutchouc ornée d'une abeille, marque déposée La Française, il observa :

– Même si c'est que sur ordonnance, c'est pas avec ta boîte à lait de soupe de temps en temps que tes dix mille pèlerins pourront y goûter, tu crois pas?

La Denrée rengaina un sourire qui s'éternisait stupidement, déclara avec gravité :

– Il nous faut également résoudre ce problème de base. D'autant plus, le Glaude, que, dans quelques mois, Oxo ne sera plus à 22 millions de kilomètres de la Terre mais à 238 et qu'il ne me sera plus guère possible de vous rendre visite sans empiéter sur mes congés annuels. Oxo est un astéroïde anonyme qui passe son existence à se cacher derrière les planètes plus grosses que lui pour ne se faire ni repérer ni cataloguer. C'est le secret de sa tranquillité. Bref, si nous nous éloignons, il va de soi qu'il faudra que ce soit vous qui vous rapprochiez.

– Qui ça, la Terre?

– Non, vous. Vous. Vous, le Glaude Ratinier.

Ratinier n'entendait rien à ce discours :

– Quoi, moi? Qui que j'ai fait?

– Il faut que vous veniez chez nous, puisque vous savez planter les choux à la mode de chez vous, et faire la soupe.

Le résultat de cette invitation saugrenue fut que le Glaude se tapa sur les cuisses, culbuta sa chaise, faillit tomber à la renverse sur les tuyaux de la cuisinière.

– *Al* est brelot! glapissait-il en patoisant au maximum, *al* est brelot!

La Denrée mortifié se trompa de langage, glouglouta avec force avant de se raviser et de traduire son texte :

– Je ne suis pas brelot! Le Comité des Têtes a étudié ma proposition, en a adopté le principe. Oxo est une planète à oxygène, où vous pouvez vivre...

Il acheva négligemment :

– ... Où vous pouvez vivre, le Glaude, jusqu'à l'âge de deux cents ans sans maladie ni infirmité. Dès que vous serez sur Oxo, le Glaude, il vous restera cent trente ans à vivre au lieu de dix avec beaucoup de chance. Cela mérite peut-être réflexion, plutôt que de brailler comme un enfant : « Al est brelot, al est brelot! »

Ratinier reprit place sur sa chaise, s'essuya les yeux, goba un canon pour récupérer ses esprits, puis secoua la tête :

– C'est non, la Denrée. La manière que vous vivez là-haut, elle m'intéresse point. Je me vois pas cent trente ans sans chopines, sans tabac, avec un cachou à bouffer le midi et une capsule le soir. Je préfère me traîner cinq ou dix ans de ma cave qu'est bien fraîche à mon jardin qu'est bien beau. Sans façon, mon gars, sans façon! Je suis pas venu à mon âge pour être condamné à cent trente ans de bagne, vu que j'ai rien fait de mal dans ma vie à part de copier sur le grand Louis Quatresous.

La Denrée ne releva pas cette obscurité, développa ses arguments. Son élection au Comité des Têtes dépendait de cette entrevue.

– Votre première objection ne résiste pas à l'examen, le Glaude. Une escadrille d'astronefs déposera sur Oxo tout le vin et tout le tabac que vous pourrez boire et fumer durant toute votre très longue vie. Les conditions de conservation sont parfaites, chez nous. Ni fleur ni dépôt dans votre pinard, c'est garanti! La seconde ne tient pas davantage. Si vous plantez des choux, vous pouvez bien sûr planter tout le reste, reconstituer votre jardin sur Oxo, qui jouit d'un climat tempéré des plus favorables à la polyculture.

Tout cela n'ébranlait pas le Glaude :

– Ça, c'est tes comiques de savants – même qu'ici on les appelle technocrates pour rigoler – qui t'y ont raconté! J'ai pas oublié que tu m'as dit que chez toi y avait point de vie végétale, mon petit gars. Faut pas me prendre pour l'Amélie Poulangeard qu'a un grelot dans la citrouille. Montre-moi un échantillon de ta terre, tiens! Ou de ton sol, si t'aimes mieux, vu que de la terre y en a forcément que sur Terre.

– J'y ai pensé, déclara la Denrée en sortant de sa poche un morceau de roche poreuse et grise qui ressemblait à un parpaing. Ratinier le prit en main et éclata de rire :

– Ah! ça, qui que c'est que cette pierre ponce! J'y

comprends mieux, maintenant, qu'y pousse que des pavés sur votre terrain !

La Denrée bégaya, désemparé :

– C'est pas ça qu'est ça, le Glaude ?

Ratinier hocha la tête, apitoyé :

– C'est rien du tout ! Je vais pas me foutre de toi vu que tu y es pour rien, mais semer des choux là-dessus, tiens, c'est comme on y semait sur le carrelage ! T'as tiré des plans sur la comète, c'est le cas de le dire, mon pauvre la Denrée ! Faut t'enlever de l'idée de m'expédier en grandes vacances chez toi, mon petit vieux.

Les combinaisons politiciennes de la Denrée s'écroulaient tout d'un bloc. Sa déception chagrina le Glaude :

– Qui que tu veux y faire, mon loulou ! C'est point de ta faute ! Vous continuerez à vous envoyer des goupilles derrière la cravate pour vos fêtes et vos anniversaires, et voilà tout !

La Denrée réfléchissait, ne pensait plus à sourire à tort et à travers comme un chien hurle à la lune. Il décrocha brusquement la boîte à lueurs qu'il portait en sautoir, la plaça sur la toile cirée, l'orienta selon les angles qui lui paraissaient idoines.

– Vous permettez, le Glaude ? Faut que j'appelle Oxo.

– Vas-y, et donne-leur bien le bonjour du Glaude.

– Je n'y manquerai pas.

Les lumières se mirent à clignoter, que la Denrée, manipulant les touches à vive allure, fit s'éclaircir, s'assombrir, papilloter, scintiller. « Ça discute dur, songea le Glaude, ça a l'air de mieux marcher que les P.T.T. » Il lui sembla qu'à mesure que se déroulait cette conversation silencieuse, le visage de la Denrée reprenait ses bonnes couleurs d'uranium enrichi et de polystyrène expansé. Enfin, l'Oxien pressa un bouton, la boîte s'éteignit et il la fixa de nouveau sur sa hanche.

– Alors? fit Ratinier, tu t'es fait engueuler?

La Denrée prit le temps de sourire avec application avant de triompher :

– Ça s'arrange, le Glaude!

– Y t'ont dit qu'ils allaient faire des trous avec des vilebrequins dans ton caillou pour qu'on y visse des racines de cure-dents?

– Non. Puisqu'il faut de la terre pour les choux, on aura de la terre.

– Et où que tu la prendras, rigolo?

– Sur la Terre.

Ratinier s'esclaffa, toisa son interlocuteur avec un rien de commisération :

– Sur la Terre! Ça va t'en falloir un moment, avec ta chtite soucoupe qu'est grosse comme une mitaine, pour grimper là-haut de quoi faire un jardin! T'auras pas de trop de tes deux cents ans!

– Vous vous trompez, le Glaude. A la minute qu'il est, on commence à construire une super-soucoupe pour amener un de vos champs chez nous.

– Un champ!

– Pourquoi pas! Combien devrait-il avoir de superficie, à votre avis?

Pris au jeu, Ratinier, qui n'avait pas l'électronique dans le sang, compta lentement sur ses doigts :

– Voyons voir... Pour récolter les choux et les légumes qui vont avec... pour dix mille vieux gars qui mangeront de la soupe que trois ou quatre fois par an... tu peux t'en sortir avec un mètre carré par tête de pipe ..

– Dix mille mètres carrés, donc.

– Tu crois que tu pourras monter un hectare dans ton bled ? réalisa le Glaude estomaqué

– Certainement. Davantage s'il le faut, en plusieurs voyages. Si la technique est au point, le reste suit.

Le Glaude se frappa la paume du poing, ricana :

– Alors y vous faut enlever le champ du père Mulot ! C'est de la bonne terre, et lui c'est une vieille carne. La trombine qu'il ferait en retrouvant plus son champ dans son champ ! Je le vois d'ici se cassant la gueule dans un grand trou ! Ça serait à crever de rire !

Il haussa les épaules, revenant aux réalités :

– Mais tout le monde la verra, ta soucoupe géante ! Ça pourra pas se cacher comme ta coccinelle !

– Objection repoussée. Nous endormirons tous les habitants du hameau, occulterons tout le secteur immédiat, routes comprises. Ça vous plairait, hein, d'embêter le père Mulot ?

– Ça oui ! Une arsouille que j'ai été dix fois chez lui sans qu'y me paie un demi-canon ! Ça, j'y en veux ! Y m'est resté dans la gorge, le coup de rouge qu'y m'a jamais offert !

La Denrée l'asticota :

– Eh bien, tant pis pour vous, le Glaude. Le père Mulot gardera son champ comme il garde son vin.

– Et pourquoi, cré bon Dieu ? Si tu peux lui barboter son champ, ce qui s'est jamais vu, faut le lui embarquer ! Il en mourra d'apoplexie, le vieux vampire !

– Il n'en mourra pas du tout. Si vous ne venez pas avec le champ, on le laisse où il est.

Le Glaude furieux tapa sur la table :

– Ça y est, y remet ça avec son idée de frénétique ! Quand t'as quelque chose dans le cigare, tu l'as pas dans le caleçon, mon garçon! J'y monterai pas, chez toi, là! Surtout pour y cultiver un hectare de terre, moi qu'en ai bien assez avec cinq cents mètres de jardin!

– Mais vous auriez toute l'aide nécessaire!

– Non et non! Tu vas me fâcher, la Denrée, à t'obstiner comme un morpion! Si tu crois que je vas quitter ma maison, que je vas abandonner mon pauvre vieux le Bombé qu'est mon meilleur ami, qui m'a jamais fait de tort, même quand il arrangeait la Francine, vu que la Francine je pouvais pas la chausser moi-même puisque j'étais derrière les barbelés, si tu crois tout ça, c'est que t'es bredin à lier avec de la ficelle de moissonneuse-batteuse!

Il se servit en tremblant un verre qu'il s'entonna sans respirer. La Denrée ne se démontait pas, osait même encore expérimenter sur Ratinier son sourire en porte de grange :

– M. Chérasse peut vous accompagner, nous n'y voyons pas d'inconvénient, puisque vous ne pouvez pas vous reproduire.

La pensée folâtre d'une quelconque œuvre de reproduction entre le Bombé et lui dérida le Glaude :

– Même si on y voulait, sûr qu'on y pourrait pas.

– Ç'aurait été le seul obstacle...

– Et Bonnot? Je planterais là mon chat quand il est dans les misères de son grand âge? Je le laisserais crever tout seul sans une chtite caresse, sans même pouvoir l'enterrer, que les corbeaux me le dévoreraient? Mais faudrait être un joli fumier, la Denrée! Si j'y faisais, je pourrais plus me raser sans me cracher dessus dans la glace!

La Denrée soupira, prêt à toutes les concessions

– Il est en danger de mort?

– Il a treize ans. Il est en danger de pas en avoir quatorze.

– Il n'y a jamais eu de chat sur Oxo. Mais puisqu'il est tout seul, vous pouvez l'emmener, il ne risquera pas lui non plus de faire des petits. Et il ne mourra qu'à deux cents ans, comme vous et moi. Il accepterait tout de suite, lui!

– Oui, mais lui, c'est qu'une bête! trancha le Glaude qui reprit, ironique : et le lard, la Denrée, pour les grillons? Faudra aussi que tu paies le voyage à des porcs?

– Non, mais à autant de barils de lard gras qu'y en aura besoin.

Le Glaude rompit, fatigué :

– Tu me tues. T'es comme les bonnes femmes, t'as réponse à tout.

Il alla goûter sa soupe, branla du chef, morose :

– Elle va être cuite. Dire que c'est pour ça, pour une malheureuse soupe de *bounhoummes* [1], que vous êtes dans tous vos états et que tu me recroquevilles les artères, c'est quelque chose d'y voir! Pas demain la veille que j'irai regarder sous le nez un pareil élevage de demeurés! On aurait mieux fait de point péter ce soir-là, le Bombé et moi, plutôt que de t'attirer comme une mouche à merde!

Choqué, la Denrée ravala tout net son sourire d'innocent. L'Oxien murmura, chagrin :

– Vous y pensez, le Glaude, ce que vous venez de dire?

– Parfaitement!

1. En bourbonnais cultivateurs

– Faut pas. Parce... parce que je vous aime bien, moi, le Glaude. Même qu'on m'y reproche assez, sur Oxo, qu'on me répète que ça fait partie des choses inutiles. Que c'est que du malheur, d'aimer les gens.

– Y racontent ça, tes sauvages? s'insurgea le Glaude.

– Oui.

– Vingt dieux, j'ai bien raison de m'en méfier comme de la fumée, de ces fauves qu'ont point de cœur! Moi aussi, je t'aime bien, la Denrée, et j'en ai point honte!

L'être de l'espace s'illumina :

– C'est vrai, le Glaude, que vous m'aimez bien aussi?

– Oui, même que j'y mets de la bonne volonté, de m'accorder avec un zigomar qui me laisse boire le canon sans me tenir compagnie!

Transporté, héroïque, la Denrée se jeta à l'eau, une eau plus que rougie :

– Nom de Dieu, versez-moi un canon, le Glaude!

– Minute! Le canon, faut comprendre aussi que c'est pas seulement du pinard mais que c'est de l'amitié! L'amitié, c'est ce qu'on vient de dire, qu'on est du même bord, et cul et chemise.

– Raison de plus! Un canon, le Glaude, qu'on trinque! Tant pis si je suis malade!

Le Glaude ôta le litre avant que ne s'en emparât l'Oxien sorti de sa réserve :

– Tut! Tut! Touche pas ça! T'as pas l'habitude, tu serais peut-être foudroyé comme par du Fly-tox. Mange d'abord ta soupe, pour te caler un peu les tripes, et t'auras une lichette de piccolo après. Rien qu'une lichette, pour commencer. Écoute les anciens, et tu finiras pas comme ces déments pire que fous qui cassent tout dans les bistrots parce qu'y supportent pas la boisson.

– Je vous écoute, le Glaude, puisque vous m'aimez bien.

Ratinier fit frire ses lardons tout en murmurant, gêné :

– Tu sais, ça non plus, ça se dit pas.

– Comment qu'on le sait, alors?

– Parce qu'on y voit, qu'on y devine. Si j'allais raconter au Bombé que je l'aime bien, y me traiterait de vieille fumelle. Et moi pareil, s'y se ramenait pour me biser la couenne. Faut plus leur causer de ça, à tes gros bonnets. Faut que t'y gardes pour toi bien enfoncé. Tiens, c'est comme les fleurs. Moi, devant la maison, j'ai des pots de pensées, de capucines, de pétunias. Quand j'y renifle, je suis content, mais pourquoi que j'irais y crier sur les toits? Si ça sent bon, ça me suffit. T'y saisis, ça?

– Oui...

– Tant mieux, et arrête de me bassiner avec tes histoires de m'envoyer dans la Lune comme un spoutnik, j'y supporte pas. Allez, on casse la croûte! Feu!

Il leur servit de cette soupe aux choux qui agitait tout un astre, remettait en question ses institutions à vingt-deux millions de kilomètres des Gourdiflots, fussent ceux-ci vus à vol d'oiseau. La Denrée la mangeait de plus en plus goulûment pour se mieux pénétrer sans doute de cet instant de plaisir par lui exporté pour la satisfaction de 74 % de ses compatriotes un peu las des extraits de tantalates naturels d'ythrium arrosés de solutions de sels verts du praséodyme et autres ingrédients des plus roboratifs à défaut d'être dignes des tables de Paul Bocuse et de Alain Chapel. Portant la soupière à ses lèvres, il en lécha le bouillon jusqu'à la dernière goutte. Après quoi, il sourit, et le Glaude rota d'aise. La Denrée promit qu'il roterait ainsi un jour.

– C'est pas bien utile, bougonna Ratinier, paraît que c'est mal noté dans le grand monde. T'as plus qu'à péter comme une vache, ça finira ton éducation!

Il attrapa son litre avec entrain. La Denrée saisit non sans courage un des deux verres que le Glaude disposait toujours sur la toile cirée, mû par d'ancestrales forces de l'habitude :

– Et moi, le Glaude? Et moi?

Ratinier se mâchonna les moustaches en signe de souci :

– Je me demande si je fais bien. Rappelle-toi, au début, tu gueulais que ça te ferait crever raide comme balle...

– Vous m'y avez dit d'y essayer, si j'avais de l'ambition. Eh bien, j'en ai, et pas qu'un peu! Y m'ont assez humilié, les autres, en me recalant trois fois au permis de conduire leurs vieilles soucoupes du genre de vos De Dion-Bouton! Versez, le Glaude!

Non sans appréhension, le Glaude versa en retenant sa main.

– On trinque! déclara la Denrée à très haute voix.

Il trinqua, avala la moitié du demi-verre que lui avait servi Ratinier.

– Et alors? s'inquiéta le Bourbonnais.

L'Oxien lui signifia d'un geste qu'il lui fallait attendre le résultat de l'opération. Lui qui n'avait pas très bonne mine blanchit, puis rougit avant de revenir à son teint d'origine. Scientifique et scrupuleux, il se promena sur tout le corps, un instant plus tard, une manière de pendule de radiesthésiste qui émettait comme par hoquets un point de soufre lumineux. Il éteignit ensuite son appareil de morse et fit, ravi :

– C'est bon, ça n'a pas tourné au rouge. C'est sans danger.

Le Glaude se dit que le brigadier Coussinet n'avait rien inventé avec ses ballonnets qui terrorisaient les couches laborieuses du canton. Il s'enquit, intéressé :

– C'est sans danger, ça, on y sait, mais comment que t'y trouves, au goût?

– Ça a l'air de bien se marier avec la soupe aux choux...

– Y a pas mieux! On s'en risque encore une larmichette?

– On se la risque!

La Denrée but encore un demi-verre de vin, ce qui fit accéder sa jeune expérience au niveau du verre entier. Il médita, la main sur ce qui tenait lieu d'estomac chez les extra-terrestres d'Oxo, astéroïde de modeste extraction oublié au fond à droite d'une galaxie perdue. Il se convainquit que le Comité des Têtes était pléthorique en nombre. Que les cinq Têtes d'incapables devaient s'effacer devant celle qui avait inventé, non seulement la soupe aux choux, mais *le plaisir de vivre*. Bref, que la sienne, dans un proche avenir, pourvoirait largement à l'exercice d'un pouvoir qu'il était absurde d'éparpiller plus longtemps.

Il bredouilla :

– Le Glaude, chez moi, y a que des bredignots, au gouvernement. Je m'en vas les remplacer tous à moi tout seul, les chasser à grands coups de latte dans l'oignon. Le Glaude, tu m'entends? Qui que t'en penses?

– J'en pense que t'es déjà fin rond avec un seul canon,

qu'y faudrait que tu remontes avant qu'y soit trop tard.

– Personne ne m'aime! hurla la Denrée en sanglotant entre ses mains, vautré sur la toile cirée.

– Mais si, que je t'aime, bougonna le Glaude ulcéré en le traînant tant bien que mal jusqu'à l'étable.

– Faut me biser! geignit la Denrée assis d'un quart de fesse sur le siège de sa soucoupe.

– Oublie pas ta boîte à lait, grogna Ratinier en la déposant aux côtés de l'Oxien.

Elle alla se coller avec un bruit sec sur l'une des parois.

– Bise-moi! supplia encore la Denrée.

Le Glaude l'embrassa avec rage avant de refermer lui-même à toute volée la portière de l'engin spatial.

La Denrée lui décocha encore un bon sourire d'ivrogne avant d'enclencher ce qui devait être la marche arrière de la soucoupe.

L'astronef, négligeant les portes grandes ouvertes de l'étable, démarra en sens contraire en un vacarme épouvantable de planches arrachées. Celles-ci étaient, par chance, vermoulues.

Une fois dans le ciel, la Denrée rectifia son cap et cingla vers Moulins comme à l'accoutumée. Il erra néanmoins des heures dans le cosmos, se trompa d'astre et se posa enfin avec beaucoup d'assurance sur Yoldia, où vivaient des mollusques qui le retinrent prisonnier quinze jours.

Il ne fut libéré qu'en échange d'une importante rançon de rarissimes sels minéraux, ce qui ne fit pas sourire, bien qu'elles s'y essayassent avec plus ou moins de réussite, les cinq Têtes chercheuses du comité directeur de la planète Oxo

Chapitre 12.

Trottinant côte à côte, le Glaude et le Bombé revenaient du cimetière par un chaud soleil d'août qui tapait déjà dur sur les casquettes. Le cimetière, Ratinier n'y allait plus depuis que sa défunte était fille de salle dans un restaurant des Grands-Boulevards, ainsi qu'elle le lui avait appris au dos d'une carte postale représentant la tour Eiffel. Il n'avait plus à lui porter des géraniums.

Le hameau des Gourdiflots, à cette heure, venait d'enterrer son doyen, l'ancien poilu de 14, Blaise Rubiaux. Sans rancune, les Schopenhauer avaient tenu à assister à la cérémonie, avaient même offert une couronne dédiée, d'après le ruban qui l'ornait, à la réconciliation franco-allemande. Les Van Slembroucke, eux, avaient comme d'habitude représenté la vaillante petite armée belge et le Roi-Chevalier.

Revêtus de leurs costumes de velours les moins usagés, le Glaude et le Bombé passèrent en soupirant devant le bistrot fermé, se remémorant les joyeuses funérailles d'autrefois. On savait honorer les morts, en ce temps-là.

– Pauvre vieux Blaise, piailla Cicisse, dire que ça sera bientôt notre tour d'aller le rejoindre, et qu'on peut même pas boire une chopine à la santé de son âme immortelle, c'est bien une honte ! Y a pas, la religion se perd, on nous met en terre comme des chacals !...

– ... Et sur le pouce ! T'as t'y vu le curé qui regardait sa montre toutes les cinq minutes ? L'a un autre enterrement qui l'attend à Vaumas. Avant, y faisait durer le plaisir, y vous expédiait pas dans les éternités en bouffant la moitié de la bénédiction ! Y a plus de conscience professionnelle.

– Y a plus rien, mon loulou !

Ratinier bâilla. Il n'avait pas assez dormi. La Denrée l'avait encore entrepris cette nuit, la Denrée qui, depuis deux mois, l'appelait chaque jour par l'intermédiaire de sa boîte à malices. « Non, c'est non ! rugissait le Glaude dans cette espèce de poste à galène du diable. J'irai jamais, dans ton patelin de mes fesses, t'entends, jamais ! »

Encore un qui avait changé, la Denrée. Oh ! pas en mal ! Depuis son premier canon de fâcheuse mémoire, il avait réalisé de sérieux progrès. Avec un peu d'entraînement, il en buvait à présent cinq ou six sans plus divaguer qu'un Terrien inexpérimenté. Il avait même, une fois, introduit un litre de rouge sur Oxo, et les types de son comité avaient décrété que ce n'était pas là du poison. Poursuivant son escalade, la Denrée s'était mis à priser. Avisant une nuit la tabatière du Glaude, il avait demandé la permission d'en user. Depuis, il prisait comme un vieux cantonnier, et les cinq Têtes du comité prisaient comme autant de têtes de vieux gardes champêtres.

– A quoi que tu penses? s'enquit le Bombé.

Ratinier haussa les épaules. Il ne pouvait l'entretenir des insistances de la Denrée.

– A la mort, mon cadet. Elle nous pend au nez comme un sifflet de gendarme.

– Qui que tu veux qu'on y fasse. Faut bien qu'on y passe tous un jour, châtelains, puisatiers, sabotiers, etc.

Justement pas, d'après la Denrée! D'après la Denrée, on pourrait même reconstruire leurs deux maisons, sur Oxo. Il ne reculait pas devant les frais, la Denrée.

A propos de frais, Ratinier s'était rendu au Crédit agricole pour y changer une dizaine de ses deux mille louis. On lui avait compté sans chinoiser trois mille sept cents nouveaux francs, de ces francs auxquels il n'entendait rien, et qui en valaient cent fois plus, ce qui compliquait tout. Nanti de cette incroyable fortune, il avait été commander du vin au Casino. Et pas de la bibine, s'il vous plaît! Ce qu'il y avait de meilleur. Des bordeaux, des bourgognes, et même du champagne. Grand seigneur, il avait acheté par-dessus le marché quelques boîtes de sardines pour son Bonnot qui perdait l'appétit de jour en jour. Ça le requinquerait peut-être.

– Je vais jamais pouvoir coller tout ça sur le vélo, s'était inquiété le Glaude.

– Voyons! s'était exclamé le gérant, je vais vous livrer tout ça en début d'après-midi! Mais ma parole, père Ratinier, vous avez fait un héritage!

– On a quelques chtites économies... Faut ben les craquer avant que ça vaille plus un sou, avec les gouvernements qu'on a...

Il avait fallu tenir le même discours à Cicisse sidéré par cette manne subite. On avait sauté sur le tire-bouchon. On avait goûté une bouteille, puis deux, puis trois. Chérasse avait repoussé l'offre de « casser la gueule » à une quatrième.

– Ça vaut pas le coup, le Glaude.

– Pourquoi ? C'est du supérieur, non ?

– Je dis pas, mais ça me barbouille. J'aime autant mon petit pinard qui vient de l'Hérault. Pas toi ? Il est plus gouleyant, plus fruité.

– J'étais en train de me dire la même chose. Ça me tape derrière la tête, alors que ça m'y fait jamais avec mon douze degrés du Var.

– On doit rien y connaître, mais j'y connais quand ça me dévore.

– Moi aussi. Je me demande ce qu'y foutent là-dedans pour valoir des deux mille balles et plus.

– C'est sûrement trafiqué, si tu veux mon idée.

La livraison était demeurée à la cave, où ils l'avaient carrément oubliée. Ratinier fumait son paquet de gris par jour depuis toujours et ne pouvait quand même pas en griller deux, se ruiner la santé sous prétexte qu'il était devenu riche ! Il n'allait pas se payer un costume neuf alors qu'il en avait deux vieux de parfaitement présentables ! Il n'avait pas à remplacer son vélo qui filait encore comme le vent ! Il préférait la bonne viande de leur porc aux biftecks ! Il avait des draps, linceul compris, et du linge, jusqu'à sa mort !

A son âge du moins, l'argent, non content de ne pas faire le bonheur, ne servait pas à grand-chose. Il en avait toujours eu assez pour s'offrir un litre, et même deux, et du bon qu'on n'avait pas à s'envoyer de l'aspirine après l'avoir sifflé ! Il enverrait peut-être un mandat à la Francine, ne toucherait plus aux louis.

Ils marchaient à petits pas, les mains derrière le dos.

– On n'a même pas été sur la tombe de la Francine, constata Cicisse. C'était pourtant l'occasion...

– Pour ce qu'y a dedans, dix ans après ! rétorqua le Glaude avec insouciance.

– On sait pas... Toi, au moins, tu pourras la grimper, quand tu la rejoindras. Moi, je serai tout seul dans mon coin...

– Tu viens de dire qu'y faut bien qu'on y passe tous les uns après les autres !

– Ça empêche pas que tout ce soleil ça me manquera quand même quand on sera dans le noir, marmonna le Bombé. J'y aime bien, le soleil.

Un peu plus loin, il ajouta :

– Remarque, je supporte bien la pluie aussi.

Encore plus loin, il acheva :

– A part ça, la neige, j'ai rien contre, quand on est bien couvert.

Il leur fallut se garer sur les bas-côtés pour laisser la route aux autos qui revenaient une à une du cimetière Même celles immatriculées en Allemagne ou en Belgique ne s'arrêtèrent pas pour les prendre à leur bord. Aux Gourdiflots, on affirmait sans preuves que Chérasse et Ratinier avaient des puces. C'était cruel, sinon invraisemblable. De toute façon, ils préféraient déambuler sur leurs quatre sabots, le nez en l'air, pas pressés de rentrer pour une fois qu'ils se promenaient ensemble, daubant sur tel jardin mal entretenu, s'indignant à la vue de telle luzerne qui n'eût pas nourri un lapin de garenne.

– Moi, à l'arrivée, je suis pour un Pernod, décida brusquement le Bombé.

– Et pourquoi donc? C'est pas dimanche.

– Un enterrement, c'est tout comme. Puisqu'on a le malheur de vivre dans un pays sans bistrot, ce qui prouve que la civilisation n'est plus ce qu'elle était, faut brandir l'étendard de la révolte et boire quand même l'apéro à la mémoire du Blaise!

– Le Blaise, ronchonna le Glaude, il aurait bien fait de les étendre, les Prussiens, en fin de compte. Écoute-moi le raffut qu'y font! Et quand c'est pas eux, c'est les Belges, et ça dure depuis le début du mois. Ça devient plus vivable, la campagne. Ça devient la ville, quand ceux de la ville y envahissent.

En effet, plus ils se rapprochaient de leur chemin, et plus ils étaient abasourdis par le fracas des bétonnières et des coups de marteau. En outre, des chaînes haute fidélité avaient été mises en branle dès le branchement de l'électricité et, unis par leur amour commun du rock et du pop, les jeunes Allemands et Belges faisaient se coucher toutes les herbes des prés sous des rafales de décibels. Ils avaient de surcroît accroché des baffles à la cime des arbres pour mieux répandre la bonne parole des groupes anglais, et le Glaude et le Bombé vivaient sous un dais de vociférations qui leur recommandaient, comme disait la Francine, d'être *cool,* sinon, sans souci de leur âge, de faire l'amour à tour de bras.

Pendant que, sans gaspiller une seconde, Cicisse tirait un seau d'eau de son puits, Ratinier fulminait, assis sur le banc :

– On s'écoute plus causer!

– Qui que tu dis? brailla Chérasse.

– Je dis qu'on s'écoute plus, et qu'y a des vieux qu'ont bien de la chance d'être durs d'oreille!

– T'as raison, on va boire à l'intérieur.

Le Bombé servit le Pernod, frais comme la pièce protégée par ses murs épais de la chaleur et du tohu-bohu.

– Tu te rappelles, fit le Glaude, de Goubi, le bredin de Jaligny?

– Bien sûr! Pas un mauvais cheval. L'était même moins atteint que l'Amélie.

– Tu te rappelles que, les soirs d'orage, il se perchait sur la colline et qu'y jouait du bidon sur une lessiveuse pour chasser les éclairs?

– Évidemment, que je m'en rappelle aussi.

– Eh bien, hier soir, j'ai cru qu'il était revenu, le pauvre innocent. Les autres Sioux, là-bas, y z'ont tapé sur des bidons jusqu'à minuit. Paraît qu'y font des percussions, à ce qu'y m'ont dit, avec des tambourins et des tam-tams. On n'avait qu'un bredin, dans le temps, maintenant on les compte plus... Et dans le temps c'était qu'un cinglé qui cognait sur une lessiveuse, à présent c'est de la musique!...

– C'est drôle, s'épata Cicisse, j'ai rien entendu!

Ce n'était pas surprenant puisque la Denrée l'avait estourbi d'un coup de son tube, comme d'habitude.

– Y a des nuits, expliqua Chérasse, que je dors comme un pot de fleurs, je m'y demande pourquoi. Allez, à la tienne, mon gars, et à celle du Blaise!

Ils entrechoquèrent leurs verres, les reposèrent sans y avoir trempé leurs lèvres : le camion du marchand de porcs était entré dans la cour. Grégoire Troufigne, le maire du village, en descendit, sanglé dans sa blouse noire.

– C'est le Grégoire, fit Ratinier sourcilleux.

– Qui qu'y nous veut? se tourmenta Cicisse qui se méfiait d'instinct de toutes les autorités, nationales ou communales.

Troufigne était déjà sur le pas de la porte, jovial comme il l'était avec tous les électeurs.

– Eh ben, les pères! Salut bien! Vous vous embêtez pas, la main sur l'apéro qu'il est même pas midi! C'est donc par là qu'elle passe, la retraite des vieux travailleurs! Ah! les bandits!

Il avait cinquante ans, un teint de brique réfractaire et, par mimétisme, de minuscules yeux de pourceau.

– Vous trinquerez bien avec nous, offrit le Bombé, à cheval malgré tout sur les usages.

– Ma foi, c'est pas de refus, acquiesça Troufigne en s'asseyant sur la chaise qu'on lui désignait. C'est la chaleur, aujourd'hui! Vous êtes sûr mieux dedans que dehors.

– Dehors, grincha le Glaude, on peut pas tenir à cause du boucan infernal qu'y font, les étrangers à la commune.

– Des étrangers tout court, oui, surenchérit Chérasse, qu'on sait même pas ce qu'y trafiquent dans leur pays!

Le maire protesta :

– C'est des gens très bien, chez eux! Le Belge est instituteur à côté de Namur. Quant à l'Allemand, lui, il a des sous gros comme lui, vu qu'il est ingénieur. C'est pas de la crotte de bique, un ingénieur. Et j'aime mieux vous dire qu'il les fait valser, les marks! Il en fait travailler. du monde! Les maçons, les plâtriers, les menuisiers, ça défile, aux Vieilles Étables! Et parlons pas des impôts locaux, ça, c'est de l'or pour le village. Vaut mieux avoir ça sur la commune que des Arabes! Encore qu'y faut pas confondre Arabes et Arabes. Ceux du pétrole, je serais prêt à en héberger quelques-uns, mais y vont ailleurs, au bord de la mer par exemple.

Il soupira, lourd de regrets. Cette pensée maritime le déprimait.

– A la vôtre, Grégoire!

– A la vôtre quand même, oui.

Ils burent en hommes qui savent ce que c'est que la soif.

Troufigne déclara, sentencieux, l'index pointé sur son verre :

– Ça, c'est bon!

Le Bombé opina, confondu par la justesse de cette observation, puis succomba à la curiosité :

– A part ça, Grégoire, qui qui vous amène donc par ici? C'est pas des ennuis, au moins?

Troufigne jubila, tout à coup enthousiaste :

– Sûr pas! Ça serait même plutôt des bonnes nouvelles!

– Ah bon? s'éclaira Chérasse.

Ratinier, qui n'attendait aucune bonne nouvelle, demeura sur le qui-vive, à tout hasard :

– On peut savoir?

Le maire rigola un rien trop fort :

– Attendez! Faut que je vous expose le topo, et y en a peut-être pour un moment!

– Ah bon? s'assombrit Cicisse.

Troufigne fit le sérieux, l'important :

– Vous y savez peut-être pas, vous qu'êtes loin du

bourg, mais les Allemands, les Belges, c'est quand même pas le Pérou, pour les finances locales, et ça fait que, *grosso modo,* la commune se meurt.

– Y a pas qu'elle..., rêva le Glaude tout haut.

– Ne m'interrompez pas tout le temps, sans ça on y sera encore ce soir. Ce qu'y nous fallait, y avait pas à tortiller, c'était une expansion économique.

Il était friand d'expansion économique, le Grégoire Troufigne. Il prononçait ces deux mots magiques avec la même gourmandise qu'il apportait à boire ses vingt apéros quotidiens, étant donné qu'il était dans le commerce.

– Ce qui manque dans les villages français, c'est l'expansion économique, un truc qu'existait pas dans votre jeunesse. Eh bien, avec M. Raymond du Genêt et le Conseil municipal on l'a trouvée, notre expansion économique. Une expansion économique génératrice d'emplois, qui plus est. On va en créer quinze, c'est pas rien!

Il se rengorgea, à l'étroit dans son orgueil de gestionnaire, et lâcha :

– Mes chers concitoyens et amis, dans un an, même pas, on va avoir chez nous un parc des loisirs, le même qu'à Thionne. Là-bas, ça s'appelle Les Gouttes, chez nous ça s'appellera Les Genêts, vu que les trois quarts du terrain sont à M. Raymond. Ça vous en bouche un coin, hein, les pères?

Le Glaude se gratta les moustaches :

– Ça m'en bouche même quatre. Qui que c'est que ça, un parc des loisirs?

Troufigne s'esclaffa :

– Y savent même pas ce que c'est qu'un parc des loisirs!

– Ben non...

– C'est pourtant la grande mode. Vous êtes pas allés à Thionne?

– Ben non... Qui donc qu'on irait faire par là!...

– Bon. Je vas vous y expliquer. Un parc des loisirs, c'est comme qui dirait de l'expansion économique qui serait en même temps écologique. Au départ, c'est un tas d'hectares qu'on clôture, et qu'on fait payer pour entrer dedans. Dans les hectares, on creuse des étangs pour la pêche et pour la baignade. A côté, y a des jeux, des balançoires, tout ce qu'y faut pour rigoler. Comme on a un bon bout de forêt dans nos hectares, on y enferme des daims, des chevreuils, des paons, pour que les visiteurs en fassent des films et des photos. Pour tout ça, hein, pêche, baignade, jeux et tout et tout, faut payer! Faut que ça sorte toutes les dix minutes, les porte-monnaie! Y aura aussi un restaurant. Des buvettes. Des marchands de glaces. De l'expansion économique en veux-tu en voilà, que ça va faire! Bref, pour la commune, c'est la fortune!

– Et M. Raymond, insinua le Glaude, il aura rien?

– Bien sûr que si, puisqu'il apporte à peu près tout le total. Nous, on met le reste. Et on touche sur les patentes. Vous comprenez?

Le Bombé entendait placer, et un mot, et son grain de sel :

– Ce que je comprends pas, c'est pourquoi que vous nous causez de tout ça. Pourquoi qu'on irait faire de la balançoire dans un parc de loisirs, nous autres deux?

Troufigne entrouvrit sa blouse, en sortit un plan qu'il étala des deux mains sur la table :

– Voilà le projet. Et il vous concerne, mes chers amis.

Vous pouvez regarder, y a pas de mystère ni de secret.

Le Bombé mit ses lunettes sur son nez, se pencha sur l'épure.

Le maire posa un doigt sur un point précis :

– Voyez. Vous êtes là, et le Glaude est à côté. Mitoyen au champ du Glaude, y aura le parking. A la place du champ, s'étendra une aire de repos culturel, mille chaises longues et de la musique intelligente, du Mozart que ça s'appelle, paraît, mais ça c'est pas mon rayon. A la place de la maison et des bâtiments Ratinier, on met une garderie d'enfants pour que les parents puissent s'amuser eux aussi, y a pas de raison que ça soye toujours les mêmes.

– C'est pas sale, fit le Glaude sur un ton tout à fait neutre.

– N'est-ce pas? Oh, y en a, des idées, là-dedans! C'en est plein, ça grouille comme dans le musée de M. Pompidou. En tant qu'aménagement du territoire, c'est pas de la merde, qu'y nous ont dit textuel à la préfecture.

– A la place de ma baraque, qu'est-ce qu'on installe? interrogea froidement le Bombé.

– C'est marqué, regardez : « Sur l'emplacement de la maison et des annexes du sieur Francis Chérasse, sera édifié le rocher aux singes entouré de son fossé. »

Cicisse ouvrait justement des yeux de chimpanzé en possession d'un miroir de poche :

– Un rocher aux singes?

– Pareil qu'au zoo de Vincennes, Cicisse, pareil! C'est ça qui va attirer du monde, les ouistitis. J'y vois déjà, moi, les sapajous, les guenons, les gorilles, en train de se galoper au cul dans leurs arbres en plastique! On les a prévus en plastique, vu que ça fait plus d'usage.

Comme Chérasse allait exploser. Ratinier lui intima d'un geste le silence et persifla :

– Et à notre place. à Cicisse et moi, qu'est-ce qu'y aura? Des négresses à plateau? Des clowns? Des conseillers municipaux ou des marchands de porcs?

Troufigne entendit que le vent tournait, rengaina prestement verve et lyrisme :

– Ne vous fâchez pas. les pères! Tout est déjà organisé au mieux de toutes les parties. Vous n'êtes pas les oubliés de l'expansion économique. Vous savez qu'on allait construire un foyer des jeunes sur la place de l'Église. On a démocratiquement consulté les jeunes qui restent encore au village. Y nous ont dit qu'y z'aimaient mieux courir les routes et les gonzesses à moto plutôt que de jouer bien gentiment aux dominos dans leur foyer. Y a même des malpolis qu'ont dit qu'on pouvait se le mettre où vous pensez. Comme c'est pas bien l'endroit pour créer un foyer, on a changé notre fusil d'épaule. Le foyer des jeunes, on le transforme en foyer du troisième âge avec billard, salle de jeux, salon de télé et – c'est là que ça vous intéresse, les amis – quatre appartements avec douche, W.-C., chauffage central! Vous en aurez chacun un, bien entendu. Vous serez logés dans du neuf, dans du propre. Et à l'œil, les anciens! A l'œil! Pour pas un rond! C'est-y pas beau, le progrès? C'est-y pas beau, l'expansion économique? Allez, vous les regretterez pas, vos bicoques insalubres que même les cochons d'aujourd'hui sont cent fois mieux logés que vous, dans les fermes modèles et les porcheries pilotes! Au foyer. vous serez bichonnés! Choyés! Cajolés par les assistantes sociales!

Devant les visages fermés de ses administrés, le maire

sortit son argument massue, tenu en réserve avec soin pour clore la conversation à son avantage :

– Non seulement vous allez gagner gros, gros, gros sur le logement et le confort, mais c'est pas tout, sacrés veinards ! Vos taudis qui valent trois francs cinquante et vos terres, on vous les achète au prix fort ! Vous allez pouvoir en faire rentrer des tonneaux de pinard, au foyer ! Qu'est-ce que vous en dites, mes lascars ?

Ostensiblement, le Bombé se versa un Pernod, en versa un au Glaude, oublia le verre de Troufigne, enfonça le bouchon sur le goulot, alla serrer la bouteille dans le placard. Troufigne rosit sous l'outrage, ce qui était sa façon de blêmir.

– On n'en dit rien, articula le Glaude de glace.

– Si c'était pas un affront, déclara le Bombé, je vous dirais bien de sortir, mais c'est tout comme.

Le maire se leva, remballa son plan d'expansion économique, secoua une tête derechef pourpre :

– Je les avais prévenus, au conseil, que vous aviez aucun sens civil et même civique ! Que vous nous emmerderiez pour le seul plaisir d'emmerder le monde ! Si vous étiez pas vieux et malades, on vous ferait exproprier, ça ferait pas un pli ! Malheureusement...

– Malheureusement, vous pouvez pas, acheva Ratinier.

– Eh non ! Les lois sont mal faites. Y en a même pour défendre les rétrogrades et les préhistoriques ! Mais rigolez pas trop vite, Chérasse et Ratinier ! Vous allez pas pavoiser longtemps ! Dans six mois, les bulldozers et les pelleteuses, ça va vous ronfler aux oreilles, je vous le garantis ! Dans un an, vous serez heureux comme des rois le dimanche, avec trois cents bagnoles et trente cars dans le parking, à cinquante mètres de chez vous ! Sans parler des gens qui vous regarderont à travers le grillage et qui vous jetteront des cacahuètes pour s'amuser ! Le bal, je le collerai le plus près possible de vos cabanes ! Les autos tamponneuses, pareil, et le ball-trap ! On vous fera crever, vieux fossiles ! Mais, au moins, quand vous serez au cimetière, la commune délivrée de ses poids morts pourra enfin ouvrir ses ailes à l'expansion économique ! Salut !

Il sauta comme un furieux dans son camion, fit voler un mètre cube de gravillons en manœuvrant et en rebroussant chemin.

– T'as vu comment que j'y ai causé, à ce salaud-là ? exulta le Bombé.

Il s'alarma aussitôt :

– T'as pas l'air content, le Glaude ?

Ratinier éclata :

– Y a pas de quoi rire ! Tu vois pas plus loin que ta bosse, outil ! Y a qu'on va vivre en enfer, à présent ! En enfer ! Tu l'as entendu, l'autre monstre ? Y vont nous en faire voir, si on va pas dans leur bon Dieu de foyer ! Et si on y va, on périt de cafard en trois semaines !

– T'y crois ? balbutia le Bombé.

– C'est foutu, mon Cicisse. Comme y dit, l'autre assassin, ça nous reste plus qu'à crever. Tu pourras y endurer, toi, un grillage tout autour de chez nous, avec des Japonais qui nous prendront en photo quand on ira aux chiottes ?

– T'as raison mon loulou, trancha Chérasse aussi vite sombre que convaincu. On n'a plus qu'à se suicider. Tu viens ? On va faire un doublé de pendus !

– Une seconde, avec ta marotte ! Les cordes, ça casse

pas toujours. On va penser à tout ça en buvant ces vieux perniflards, qui sont en train de se réchauffer les pieds.

Il s'efforçait au calme, le Bombé se laissait aller à des frénésies plus ou moins meurtrières. Ratinier soliloqua :

– Comme y vont quand même pas foutre des parcs de loisirs partout, on pourrait trouver deux autres baraques, déménager...

Chérasse hors de lui frappa sur la table, sauva *in extremis* les deux verres du désastre :

– Ça, j'y veux pas ! Jamais ! Ça fait cinquante ans que je suis là, j'y reste !

– Oh ! moi, je suis comme toi, ça me dit pas grand-chose de foutre le camp... Ce que j'en disais...

– Et puis, y seraient trop contents, à la mairie, de nous voir poser le pantalon !

– Alors ?

– Alors, on se jette dans le puits, l'un après l'autre ! On se fait sauter le caisson à coups de fusil ! On s'envoie une gamelle de mort-aux-rats ! C'est ça qu'emmerderait Troufigne, d'avoir deux morts sur la conscience !

– Possible, mais on sera morts et pas là pour y voir...

Sans se concerter, ils avalèrent d'un même mouvement leur Pernod.

– Ça fait qu'y a pas de solution..., fit le Bombé dont les yeux se mouillaient.

Le Glaude hésita, tourna et retourna longuement son verre vide dans sa main avant de murmurer :

– Y en a peut-être une... Cicisse... Ah ! je sais pas comment t'y dire...

– Dis-y toujours, au point où qu'on en est...

– Cicisse... ça te dirait de vivre jusqu'à deux cents ans ?

Chérasse sursauta, le regarda avec une anxiété aussi visible que sa gibbosité :

– Oh! le Glaude! T'as-t-y entendu ce que t'as dit? Tu vas pas me lâcher maintenant? Tu vas partir en ambulance? Si c'est ça, je fonce me « ni-yer » dans la Besbre!

– Arrête donc de te détruire toutes les cinq minutes, c'est fatigant! Même si ça y ressemble, je suis pas brelot du tout.

Cicisse ricana :

– T'as quand même dit deux cents ans?

– Deux cents.

– Si t'es pas fou, c'est pire. C'est que tu tiens pas deux Pernod de suite.

– Verses-en un troisième, et écoute-moi. Mais si tu me crois pas, j'aime mieux la boucler. Jure que tu vas me croire. Jures-y.

Embarrassé, le Bombé ressortit la bouteille du placard, rouspéta :

– Je veux bien y essayer, mais ça commence mal, ta blague des deux cents ans. Faut que j'y gobe tout rond, alors que tu t'es toujours payé ma tête pour ma soucoupe et que je meure tout de suite si elle était pas vraie, ma soucoupe!

A son tour, Ratinier le fixa, narquois :

– Bien sûr qu'elle était vraie. Je l'ai vue avant toi, la soucoupe. Même que je l'ai vue et revue, et que je la reverrai quand je voudrai. Tiens, quand elle vient, on la gare dans mon étable!

Des soucoupes, il en voyait deux belles dans les orbites du Bombé.

– Qui que tu radotes, le Glaude?

Ratinier s'esclaffa :

– Ben quoi, c'est toi qui crois plus aux soucoupes, à présent? Faudrait savoir!

– Si tu l'as vue, pourquoi que t'as pas dit comme moi?

– J'y pouvais pas à cause de la soupe aux choux, je t'expliquerai.

– La soupe aux choux? T'as pas causé de soupe aux choux?

– Si.

Misérable, Chérasse tripota son chapeau, soupira :

– Ça s'arrange pas...

– Je t'expliquerai, je t'ai dit que je t'expliquerai! Pour le moment, je te demande qu'une chose, une seule : aller jusqu'à deux cents ans, ça t'intéresse, ou pas?

Cicisse grommela :

– Évidemment bien sûr! T'as déjà vu un vieux gars en train de crever de soif refuser un canon?

– T'hésiterais pas?

– Sûr que non!

– Eh ben, moi, j'hésitais... Parce que c'est pas ici que ça se passerait!

– Même que ça serait sur la Lune, je ferais le balluchon tout de suite!

– Et ta maison?

– La peau d'abord! La bicoque, je l'emmènerai pas au cimetière avec moi!

Il grimaça :

– Y a qu'un truc qui m'embêterait, le Glaude, c'est de te laisser ici et de boire tout seul pendant... Combien, déjà? ... Pendant plus de cent trente ans!

– Tu me laisserais pas. On partirait ensemble. Avec Bonnot, par-dessus le marché!

– Avec Bonnot?... Bien sûr... Pendant qu'on y est... Et lui aussi y vivra deux cents ans, évidemment?...

– Évidemment. Alors, tu es d'accord?

– Oui! hurla soudain le Bombé, oui, oui, oui!...

– Tu sais que t'es en train de me décider? A la vérité, quand je me tâtais, y avait pas encore de parc des loisirs dans l'air! Ça change tout. Autant vivre là-haut qu'à côté d'un parking et derrière un grillage! C'est bien vu, bien réfléchi, Cicisse?

– Oui! beugla encore Chérasse.

– Gueule pas comme ça, vieux chien malade! Suis-moi, on va aller leur dire.

Cicisse transpirait, hagard :

– Y dire... à qui?...

– A la Denrée.

Puisqu'il était en sueur, le Bombé s'essuya avec son mouchoir à carreaux :

– La denrée? Quelle denrée? Tu causes avec des denrées périssables, maintenant?

– C'est comme ça que je l'appelle, vu qu'il a pas de nom. Un bon gars, la Denrée. Viens, il est moins le quart, y va me sonner à une heure. Je vais l'avertir qu'on part. Y va être heureux.

Il se leva, Cicisse en fit autant, de plus en plus embarrassé :

– J'arrive, vieille denrée, j'arrive! La denrée! C'est le bouquet! Manquait plus que ça. V'là qu'y tombe en enfance. Tombé marteau. Tombé sur la soucoupe.

– Ramène-toi, au lieu de ruminer dans ta barbe!

Résigné, le Bombé accompagna le Glaude chez lui. Ratinier commenta :

– A une heure, tu sortiras, vu que l'appareil peut pas marcher si t'es à côté.

– Quel appareil?

– Il est sur le buffet, mais tu peux pas le voir.

– C'est donc ça... fit Chérasse dubitatif. Je me disais aussi...

– T'iras t'asseoir sur le banc.

– Ma foi... là ou ailleurs...

– Mais la Denrée va y arranger. C'est à cause des ondes. Tu rentreras quand je t'y dirai.

– D'accord, le Glaude, et on vivra jusqu'à deux cents ans, approuva tristement le Bombé.

Quand l'horloge sonna une heure, il s'éclipsa discrètement, alla mâchonner son malheur sur le banc.

– J'aurais mieux aimé que ça soye moi, monologuait-il, au moins j'y verrais pas, des calamités pareilles, des intempéries de la sorte... Il a jamais vu de soucoupe. S'il en avait vu, y serait pas dans cet état critique...

L'appareil s'alluma. La Denrée n'était jamais en retard pour tenter de convaincre Ratinier à plier bagages. Sa voix résonna dans la pièce :

– Oxo, la Terre? Oxo, la Terre? Vous êtes là, le Glaude?

– Je suis là.

Dehors, le Bombé prêta l'oreille. Voilà que l'autre parlait tout seul, et avec quelqu'un d'autre, encore, ce qui passait les bornes!...

– La Denrée, y a du neuf. Le Bombé veut bien partir, et le chat avec.

– Et vous, le Glaude?

– Si le Bombé et le chat s'en vont, je les suis, bien sûr!

– Enfin! Enfin! Vous me faites plaisir, le Glaude!

– C'est pas le tout, la Denrée, faut que tu lui causes, à l'autre ours de Bombé, parce qu'y veut pas me croire. C'est comme ça, les bossus. Trifouille tes ondes pour qu'y puisse t'entendre et voir la boîte.

– Je rappelle dans deux minutes.

Ratinier alla prendre Chérasse par la main :

– Ramène-toi, espèce de toujours plus malin que les autres, espèce de soupçonneux! Et assis-toi face au buffet, ça t'évitera de tomber le cul par terre!

Il lui appuya sur les épaules pour le contraindre à s'asseoir.

– Je vois rien, bégaya le Bombé, malgré tout impressionné, j'entends rien non plus...

– Tais-toi. Emmerde pas les ondes. Ça doit grésiller comme des frites, là-haut.

– Je vois toujours rien...

– Si t'as les ondes comme ton foie, ça doit pas être commode pour elles de jouer à saute-mouton avec ta bosse!

Cicisse n'eut pas le temps de relever l'insulte. Devant lui, sur le buffet, un corps noir prenait forme, se précisait, un point vert s'éclairait peu à peu.

– Bouge pas, nom de Dieu, souffla le Glaude en maîtrisant un Chérasse épouvanté, prêt à bondir.

De la boîte jaillit la voix de l'Oxien :

– Monsieur Chérasse... Monsieur Chérasse...

– Qui que me cause? balbutia Cicisse.

– Oxo, la Terre... Oxo, la Terre... Monsieur Chérasse... Ici la Denrée... Vous êtes là, monsieur Chérasse?

– Dis-y oui, bordel, chuchota Ratinier.

– Oui, c'est moi... Francis Chérasse...

– N'ayez pas peur, monsieur Chérasse.

– J'ai point peur, fit le Bombé qui tremblait à en casser la chaise sous lui.

– Vous voulez vivre deux cents ans, monsieur Chérasse ?

– Si c'était un effet de votre bonté... si y a moyen d'y moyenner, je suis pas contre..., s'étrangla Cicisse.

– Alors, c'est comme si c'était fait ! Le Glaude ?

– Oui, la Denrée ?

– Je viendrai ce soir à minuit, qu'on cause de votre départ. Vous me présenterez monsieur Chérasse Y aura de la soupe ?

– On en fera.

– Y aura un chtit canon à boire ?

– Y en aura même deux.

– Alors, à ce soir. A tout à l'heure, monsieur Chérasse !

– A tout à l'heure, monsieur la Denrée, fit le Bombé à bout de forces.

– La Denrée ! cria le Glaude, t'es encore là ?

– J'écoute.

– Y a les voisins qui font un potin du diable que tu dois y entendre à tes millions de kilomètres. Tu peux rien y faire ?

– Je leur balance tout de suite une onde anti-sonore sur la margoulette.

– Merci bien.

– Y a pas de quoi. Je suis tellement content, le Glaude, de votre décision ! Content, content !

La lueur verte leur fit un coup d'œil, clignota puis s'éteignit.

– Et voilà ! conclut Ratinier avec simplicité tandis que

son compagnon ravalait sa salive en un léger bruit de fuite d'eau.

De belle humeur, le Glaude leva la main, l'abattit gaiement sur la bosse de Chérasse :

– Qui que t'en dis, vieille noix?

– J'en dis que si tu me sors pas un verre tout de suite je vas me trouver mal.

Ratinier le lui tendit, l'autre exécuta un « cul sec! » sans faute.

En un gargouillis sinistre, en une série de couacs funèbres, les tam-tams lointains cessèrent brusquement leur mélopée, les haut-parleurs chuintèrent en expirant dans leurs arbres. Un merveilleux silence s'étala sur les prés. Puis quelques oiseaux revinrent sur la pointe des pattes, se remirent à chanter...

Le Glaude et le Bombé s'installèrent sur le banc, le litre et les verres à leurs côtés. Profitant de l'anéantissement provisoire de Chérasse, Ratinier lui raconta par le menu la très extraordinaire et pourtant très authentique histoire de la venue sur terre de la Denrée et de ses rapports avec lui.

– Faut dire que t'as l'air copain comme cochon avec lui, avoua le Bombé qui ajouta, une pointe de jalousie sur le bout de la langue : peut-être même plus qu'avec moi, hein?

– Fais pas ton nounours. Tu seras copain avec, aussi. Des copains, vaut mieux en avoir deux.

– Comme papa, approuva Cicisse tout à fait en dehors du sujet.

Il enchaîna :

– Ce que je comprends pas encore très bien, c'est leur entichement pour la soupe aux choux, à tes vieux gars!

– Moi, j'ai vaguement compris que ça leur faisait plaisir et qu'y en avait pas, du plaisir, chez eux. Qu'en somme, c'est comme s'ils avaient découvert l'Amérique. Et que c'est peut-être mieux que l'Amérique, un petit coup de bonheur...

Ils achevèrent leur litre sans remords puisqu'ils n'avaient plus à se soucier de leur santé. Cent trente années s'ouvraient gaillardement devant eux, quoi qu'ils fassent, fument, boivent ou mangent.

– Tu y as dit, à la Denrée, observa le Bombé, qu'on embarquerait avec nous les poules et les lapins ?

– Pas encore.

– Parce que, mon loulou, c'est bien gentil, les légumes et le lard gras, mais nous faut des œufs et de la viande. Je veux pas monter là-haut pour me priver. Leur soupe aux choux, on va pas en boulotter comme des forcenés. D'abord, sans bêtes, pas de fumier. Sans fumier, point de culture.

– Ça, c'est bien vrai.

– J'emmène aussi mon accordéon.

– T'amèneras ce que tu voudras. Y nous donneront une grande soucoupe pour tout y charger.

– Les bancs, on les chargera avec le reste ?

– Pourquoi pas !

Le Bombé rendit au Glaude sa tape amicale de tout à l'heure :

– Ça fait qu'on a encore cent trente ans à discuter sur le banc, à boire, péter et jouer de la musique ?

– Faut croire.

– Ça risque pas d'être un peu long ?

– Comme personne y a jamais vu, on y verra bien...

– T'as raison, on a le temps d'y voir. De toi à moi, ça

m'emballait pas beaucoup, de casser ma pipe et d'aller au parc des loisirs de derrière l'église.

Il rit :

– Ah ! dis donc, le maire, avec le sien, de parc, quelle gueule y va faire, quand y va nous chercher partout !

– On laissera un mot avant de partir, précisa Ratinier. On marquera dessus que c'est à cause de lui qu'on s'en va mendier notre pain sur les routes. Que deux pauvres vieux chassés de chez eux par l'expansion économique traînent leur misère sur tous les chemins de la Terre. Ça va pas lui faire de la réclame, à Troufigne ! Va même être obligé de démissionner, la charogne !

Le nuage d'opprobre qui crèverait sur le maire indigne, la mort des chaînes haute-fidélité que les jeunes Allemands et Belges tentaient en vain de réparer, tout cela joint aux vastes perspectives que leur offrait leur exil sidéral ensoleilla leur journée. Après le déjeuner, ils tuèrent le porc. Il irait lui aussi sur Oxo, mais dans un saloir. Puis, sur l'avis de Ratinier, ils arrachèrent tous leurs choux, les enfournèrent dans des sacs.

– Paraît que ça se garde, là-haut, expliqua le Glaude. Faut penser que le champ du père Mulot, il est pas encore bêché et ensemencé !

– Qui c'est qui fera le boulot ? s'inquiéta le Bombé.

– Y a des nègres, où qu'on va. Finalement, des nègres, y en a partout dans le monde, d'après ce que j'ai compris.

Pendant qu'ils étaient au travail, ils arrachèrent tous les légumes qui pouvaient l'être, en emplirent plusieurs cageots.

– Le Glaude, c'est à combien de kilomètres, déjà, leur truc ?

– Vingt-deux millions.

– C'est pas la porte à côté. Moi, le plus loin que j'ai été, c'est à Clermont pour voir ma sœur avant qu'elle meure, en 37. Y avait quand même déjà plus de cent bornes, à l'époque.

Au soir, leurs deux jardins dévastés évoquaient le triste aspect des squares parisiens. Le Glaude, devant ce spectacle, paraphrasa sans le savoir le poète :

– Mais demain, sur Oxo, nos choux seront plus beaux!

A la nuit, ils se rassirent sur un banc, regardèrent les étoiles. Bientôt, sur ce même banc, mais à deux heures de soucoupe d'ici, ils regarderaient d'autres étoiles, le litre comme ici à portée de la main. Il n'y aurait rien de changé, sauf que la vie continuerait et n'en finirait pas de continuer, pour une fois.

L'ombre de Bonnot, sur fond de lune, se découpait sur la crête d'un mur. Lui aussi contemplait les étoiles et rêvait qu'elles étaient autant de souris. Le souffle rauque et l'œil pleurard, il ne soupçonnait pas qu'il avait encore cent quatre-vingt-sept ans devant lui.

A minuit, le Glaude et le Bombé virent scintiller l'astronef de la Denrée au-dessus de leur tête, et furent enfin d'accord tous les deux sur le fait qu'il s'agissait bel et bien d'une soucoupe volante.

Chapitre 13.

La Denrée leur passa tous leurs menus caprices et desiderata, tant il était ravi d'avoir la soupe aux choux servie à domicile.

La nuit prochaine, une soucoupe de déménagement se poserait entre les deux maisons, et des Oxiens de choc empileraient à l'intérieur les cages à poules, à lapins, le saloir, les choux et les autres légumes, le stock de sabots, les bancs, les lits et tout le mobilier, sans oublier les deux horloges, la cuisinière, le poêle et les tonneaux.

Après quoi la Denrée embarquerait le Glaude, le Bombé et Bonnot dans son engin ultra-rapide et personnel. Plus tard, avant qu'Oxo ne se retrouve à deux cent trente-huit millions de kilomètres de la Terre, des commandos d'extra-terrestres pilleraient quelques entrepôts de tabac et de pâtées pour chat, videraient de leur vin et de leur charbon des quantités de caves à l'usage de leurs nouveaux compatriotes.

Tout cela établi, il fallut arroser le proche départ. Quand il décolla, la Denrée eut quelque mal à remettre la main sur sa soucoupe, dans l'étable à vache.

Au matin, quand ils se levèrent, le Bombé dit au Glaude :

– Il est bon gars, la Denrée, mais il a une sacrée descente !

– Ça, il s'y est bien mis. Dire qu'au début il me racontait qu'il y supportait pas ! Maintenant, c'est une cuillerée de soupe, un canon, une cuillerée, un canon !...

Le vent leur apporta un carillon de cloches.

– Ah ! fit Ratinier, ça, c'est le mariage du fils Troufigne avec la fille Fontaine. Ça te plairait pas, à cause du maire, d'aller y foutre le bordel ?

Il exposa son plan au Bombé qui l'approuva en rigolant. Chez lui, le Glaude empila mille louis dans deux cartons à chaussures qu'il ficela soigneusement non sans y avoir joint le billet suivant :

Ma chère Francine,

Je pars en voyage que ça serait trop long à t'expliquer. Voici trois, quatre sous que je t'envoie en recommandé vu qu'où je vais on n'en a pas besoin, ce qui n'est pas ton cas. Mets-y à la Caisse d'épargne où qu'y feront des petits. Montre-les pas à ton motocycliste. C'est pas parce que tu me connais que tu connais les hommes. Faut t'en méfier comme du choléra. C'est tous menteurs, voleurs et compagnie. Je t'embrasse et t'y répète encore d'être heureuse.

Ton vieux Glaude.

La bretelle de sa musette à l'épaule, ses cartons dans les bras, il sortit. Le Bombé le rejoignit, l'aida à trimbaler ses paquets. Ils prirent le chemin du bourg.

– Le Glaude, là-haut, ça fait y beau comme aujourd'hui?

– D'après la Denrée, oui. On va laisser nos douleurs et nos rhumatismes derrière nous, mon garçon. Je crois qu'on fait pas une mauvaise opération en s'enlevant de là! On y voit bien depuis un moment, que la Terre est flambée, qu'y aura bientôt guère le choix qu'entre les camps de concentration et les parcs de loisirs. T'as des pays où qu'on suce que des boulons. T'en as d'autres où qu'on bouffe des pastilles pour digérer le trop-plein qu'on bouffe. La mer aussi, elle est foutue, c'est plus que du mazout, et les rapaces ramassent des poissons qui sont pas plus gros que des aiguilles à phono. Et je te parle pas des patelins où qu'on s'étripe dans tous les coins, et que ça durera toujours vu que les *hoummes* ça pourra jamais se voir en peinture.

– T'as raison, mon loulou. On les regardera du haut de notre banc, on boira le canon, on leur dira : « A la bonne vôtre, les vieux gars! », et c'est eux qui trinqueront!

Hilares et comme en apesanteur, ils s'expédièrent quelques claques amicales sur les omoplates. C'était la première fois au monde que deux chrétiens étaient heureux de quitter la Terre, ce qu'ils avaient redouté toute leur vie comme tous les copains.

Au bourg, ils se rendirent à la poste, où le receveur s'ébahit, qu'ils connaissaient de longue date :

– Père Ratinier... vous envoyez des colis à la Francine?

– C'est pas à ma pauvre femme, Victor! C'est de la famille.

– Je me disais aussi !...

– ... Que j'étais bredin ? Pas encore. Remarque, j'ai encore cent trente ans pour le devenir !

– Moi aussi ! gloussa le Bombé.

L'autre les traita de vieux farceurs.

Les cloches se remirent à sonner. Le Glaude et le Bombé allèrent se camper devant l'église. Le cortège en sortit quelques minutes plus tard.

– Vive la mariée ! beugla Ratinier.

– Vive les mariés ! hurla Chérasse.

Grégoire Troufigne fronça les sourcils, gronda pour son voisin :

– Qu'est-ce qu'y viennent faire là, ces deux singes ?

Le Glaude plongea la main dans sa musette, imité par Cicisse, et deux poignées de louis s'abattirent en pluie sur la noce.

– Attention aux dragées ! rigola Ratinier en en balançant une seconde rafale.

– Ça se mange pas, mais c'est tout comme ! brailla Chérasse en réitérant le geste auguste du semeur.

– Nom de Dieu, c'est des pièces d'or ! tonna le marié en plongeant tel un gardien de but dans la poussière, imité par les garçons d'honneur.

– Des pièces d'or ! cria toute la noce en se répandant sur le sol comme une rangée de dominos.

– Vous battez pas ! Y en aura pour tout le monde ! bramaient le Glaude et le Bombé en aspergeant de louis la foule à quatre pattes.

En quelques secondes, il n'y eut plus un invité debout.

Ils se frappèrent.

Ils s'arrachèrent leurs beaux habits.

La mariée reçut un coup de poing dans l'œil.

Le maire disputa une pièce au curé accouru et le mordit.

Les enfants de chœur rentrèrent dans le chou, tapèrent dans le tas.

Des vieilles se griffèrent au visage, crachèrent leur râtelier dans le sable.

Une grand-mère très stricte, rampant tel un boa, se mit à avaler tous les napoléons qu'elle pouvait agripper.

– Hardi! hardi! criaient toujours les généreux donateurs pour exciter ce troupeau de moutons en folie fouaillés par l'averse miraculeuse.

On piétina le curé toujours à la curée.

On déculotta, dans le feu du combat, une enfant de Marie.

On se dit des gros mots.

On se fâcha pour la vie.

On se prit aux cheveux, aux indéfrisables.

On se fila des coups de boule dans les naseaux.

Au mieux, on se gifla.

Des mêlées spontanées se créèrent sur tout le parvis.

Il y eut du sang, de la sueur et des larmes.

Le voile de la mariée recouvrit l'instituteur.

On arracha les lunettes d'un patriarche, on l'assomma avec sa canne.

On se déchira les cravates. Les chemises. Les robes.

Le maire perdit ses bretelles.

On s'empoigna aux parties nobles. On s'estoqua aux honteuses.

Quelques nez éclatèrent.

Un sac à main sortit en touche. On le dégagea au pied.

– Y en a encore! s'époumonaient Chérasse et Ratinier.

Une giclée de pièces tintinnabula sur les dents d'un monsieur très bien qui venait de la ville et n'y retournerait qu'en loques.

Des gosses couinèrent comme des hamburgers ébouillantés.

Le képi que le garde champêtre avait empli de ducatons monta au ciel à la faveur d'un drop.

Puis il n'y eut plus rien à grappiller sur le gravier. On eut beau le gratter et le regratter, il n'y avait plus qu'à se relever en haletant, et à réparer l'irréparable désordre des tenues. Le Glaude et le Bombé n'étaient plus là, que personne n'avait vus s'éclipser. De tous ses yeux pochés ou torves, la noce se regarda de travers. Tenant son pantalon à deux mains, Troufigne rugit à l'intention de son adjoint :

– Qu'est-ce qu'on peut bien leur faire à ces deux vieux bandits, pour les punir?

– Rien, Grégoire, rien, répondit l'autre en se frottant une joue étoilée par cinq doigts. C'est une tradition, que de jeter des pièces de monnaie à la sortie d'un mariage.

– Mais pas des louis d'or, nom de Dieu!

– Le cas n'est pas prévu, mais ça m'étonnerait que ça soit une circonstance aggravante. Ça part même plutôt d'un bon sentiment.

Laissant dans leur dos un cortège nuptial en deuil, des familles en ruine, des amants séparés, des amitiés détruites, Chérasse et Ratinier avaient repris l'âme en paix le chemin de leurs demeures. La bosse du Bombé était devenue celle de la rigolade :

– T'as vu le travail, le Glaude!

– Y feront pas mieux au parc des loisirs, va!

– Troufigne avait pas l'air content. Va peut-être venir nous engueuler!

– Je suis bien sûr que non.

– Et pourquoi?

– Pour nous dire quelque chose, faudrait qu'y commencent par nous rendre l'argent, et y en pas un qui y fera.

– J'y avais pas pensé.

– Moi, si. Y préféreraient tous crever que de pas y garder!

Ils croisèrent un peu plus loin un petit garçon de sept ans qui, à leur vue, retira son béret et fit :

– Bonjour, monsieur Chérasse, bonjour, monsieur Ratinier.

– Arrête-toi voir, mon petit gars, fit le Glaude. T'es bien gentil. T'es pas un fils des Pourrillon qu'habitent aux Petites-Javelles?

– Si, monsieur Ratinier. Je m'appelle Maxime.

– Tu aimes les bonbons, Maxime?

– Ben... oui...

Le Glaude sortit son portefeuille, le vida du reliquat de sa vente de louis au Crédit agricole, y joignit l'argent de sa retraite :

– Tiens, mon gars. Doit y en avoir pour quatre cent mille.

– Quatre cent mille!

– Oui, mais faut pas y dire à tes parents. Y t'y prendraient. Faudra que t'y caches dans une boîte en fer au grenier.

Le Glaude s'adressa au Bombé :

– Eh ben! Donnes-y tes sous, toi aussi! Où qu'on va, ça vaut pas un radis!

Cicisse obéit, remit ses billets au gamin qui bredouillait des « Merci m'sieur » presque craintifs.

– Maxime, t'y croiras, maintenant, aux contes de fées? fit en souriant le Glaude. Faudra pas non plus y raconter partout, mais on est des petites fées. Même que le Bombé, c'est la fée Carabosse.

– C'est fin ! ronchonna Cicisse.

Ratinier tapota la tête du gosse :

– Va, Maxime. Ça t'apprendra à être poli !

Le garçonnet remercia encore et s'en alla en sautillant de joie. Le Glaude, grand seigneur, jeta son portefeuille dans le fossé et déclara :

– Plus besoin non plus de papiers d'identité ! Eh bien, pour un dernier matin sur Terre, tu veux que je t'y dise, le Bombé, moi je dis qu'on a passé une sacrée bonne matinée !

Ils se sentaient plus légers que des plumes d'oie pour oreillers, que des feuilles de papier à cigarette à côté d'un paquet de tabac, que des bulles de savon au sortir d'une paille. A l'orée d'une vie comme neuve, plus fraîche et joyeuse qu'une guerre vue de loin par un général, ils avaient l'âge du jeune Pourrillon, celui de l'aubépine dans les haies, des moineaux dans les arbres. Jamais apôtre de course n'était monté au ciel plus sereinement que n'allaient y grimper ces deux larrons de condition modeste. Prêts à se mesurer sur son terrain au Christ un jour d'Ascension, ils voguaient sur la route, allègres, la foulant comme raisin, l'avalant comme litre.

A midi, ils mangèrent le boudin du porc tué la veille. Le Bombé s'en empiffra, qui n'avait plus à se soucier d'une tension telle qu'elle avait fait escalader quelques noyers à quelques médecins aussi enthousiastes qu'incrédules. De deux à six heures, ils firent une petite sieste.

Avant la nuit, Chérasse, armé d'un fer à souder, exécuta dans le champ de Ratinier un rond d'herbes calcinées.

A minuit une, alors qu'ils attendaient sur le banc de Cicisse au son de l'accordéon et du douze degrés la soucoupe de déménagement, ils la virent grossir dans le ciel, puis se poser comme une ombrelle géante dans la cour. Douze manœuvres Oxiens en combinaison rouge et jaune en descendirent, jacassant comme des dindes, et la chargèrent avec célérité de tout le barda pittoresque que leur désignèrent le Glaude et le Bombé.

Quand le fret fut dans leur soute, qui tenait davantage de la décharge publique et du paquetage d'émigrants que du fruit de salles de vente style Christie's ou Sotheby, les Oxiens saluèrent, reprirent à la queue leu leu leur place dans le camion volant.

Celui-ci disparu avec une discrétion de graminée sous la brise, Chérasse et Ratinier se retrouvèrent, faute de sièges, assis par terre. Le Glaude prit dans ses bras son chat qui râlait à même les cailloux. Il lui flatta son pauvre crâne bosselé de misères :

– C'est temps que tu partes, mon petit frère. Demain, si t'étais resté là, tu serais crevé. Alors que demain, mon petit gars, tu seras au paradis, et nous avec!

Quand arriva la soucoupe de la Denrée, le Glaude avec son chat, le Bombé avec son accordéon montèrent à bord avec des gaietés de séminariste en vacances. Un casier de bouteilles les accompagnait, histoire de tenir le coup pendant le voyage.

A l'instant même où Francis Chérasse et Claude Ratinier entonnaient à pleine gorge *Y a de la goutte à boire là-haut!*, les portières se fermèrent hermétiquement sur eux.

Chapitre 14.

Karl Schopenhauer, ingénieur à Stuttgart, sauta de sa Mercedes comme on tombe des nues ou d'une échelle. Hagard, il repoussa un militaire qui se trouvait devant ses bottes, entra dans les bureaux de la gendarmerie à la façon d'un obus de la grosse Bertha.

– Le pricatier! tonna-t-il à la façon de Hitler à Nuremberg, che feux barler au pricatier! Tout de zuite!

Karl Schopenhauer, un peu énervé, descellait déjà un radiateur de chauffage central, quand le brigadier Coussinet, en pyjama et les joues enduites de savon à barbe, fit une entrée qui n'avait rien de majestueuse mais s'expliquait du moins par l'heure matinale, plus propice aux soins de la toilette qu'aux réunions internationales.

– Que se passe-t-il, monsieur Schopenhauer? fit sévèrement le gradé. Ce n'est pas une heure pour déranger l'armée française! Votre peuple m'avait habitué à davantage de discipline!

– Ch'attends tebuis une heure du matin, monsieur le pricatier, débagoula l'Allemand. Ch'ai fu des chosses ingroyables, cette nuit, monsieur le pricatier!

– Galmez-fous! Non, calmez-vous! Expliquez-vous clairement.

– Che m'azois, s'excusa Schopenhauer.

– C'est ça, asseyez-vous.

L'ingénieur se prit la tête dans les mains, entreprit son récit qu'il entrecoupa de petits cris de chiot qui rêve :

– Foilà, monsieur le pricatier. Che m'étais coujé. Foilà que ch'ai eu une enfie de... de... comment dit-on en vranzais?

– Cela n'a pas d'importance. J'ai compris. Poursuivez.

– Pref, après afoir zatisfait cette enfie, il faisait peau, che me chuis un beu bromené dans la gambagne pourponnaise. C'était crantiosse, monsieur le pricatier, crantiosse, Waterloo morne blaine, j'en basse et des meilleures. Ma bromenade hychiénique et boétique m'a amené à gôdé des maisons de M. Radinier et de M. Jérasse.

– Ah? fit Coussinet alarmé, et alors?

Schopenhauer adopta le ton même de Phèdre en proie à ses phantasmes :

– Alors, monsieur le pricatier? Alors, ch'ai fu une zougoube domber du ziel comme un gonvetti les chours de fête! Ch'ai fu la zougoube se poser dans le champ. Ch'ai fu M. Radinier et son katze, M. Jérasse et son accortéon monter dans la zougoube! Il y afait tetans un tout bedit Marzien gouvert de boils afec une drombe à la blace du nez. Barfaitement!

– Et alors? répéta Coussinet en léchant machinalement son savon à barbe aux commissures de ses lèvres.

– Et alors, monsieur le pricatier, la zougoube s'est

enfolée blus fite que fotre Gongorde! M. Radinier et M. Jérasse ont été enlefés par des extra-derrestres, foilà tout!

Accablé, Coussinet s'assit sur un coin de son bureau, emboucha pensivement son blaireau, le suça comme une glace à la vanille. Il murmura :

– Vous, monsieur Schopenhauer! Vous! Si vous vous mettez à voir des soucoupes, où va-t-on, nom de Dieu, où va-t-on! Demain, le notaire, le docteur, le pharmacien, vont voir des soucoupes! J'en verrai dans mon potage! Le préfet en verra sur sa descente de lit! Et si ça continue Giscard va en voir dans le soutien-gorge d'Anne-Aymone!

Le teuton n'admettait pas la contradiction. Sa poigne fit craquer le col du pyjama de Coussinet, col qui lui demeura dans la main :

– Che m'en fous de fotre Chiscard! Fous me groyez bas, monsieur le pricatier? Hapillez-vous, che fous emmène! Gombris?

Karl Schopenhauer n'était pas un économiquement faible. Schopenhauer était ingénieur à Stuttgart. Ébranlé, Coussinet se rinça, revêtit son uniforme, grimpa dans la Mercedes aux côtés de l'Allemand. Survolté, celui-ci atteignit les Gourdiflots sur deux ou trois roues, pas davantage.

– Foilà, décréta Schopenhauer. Abbelez-les! S'ils fous rébondent, che fous baie l'abéro, comme fous tites!

Impressionné, le brigadier Coussinet, le pistolet à la main, inspecta les deux maisons. Elles étaient indubitablement vides. Même les casseroles et les horloges n'y étaient plus. Il ne restait plus un œuf dans les poulaillers, plus une carotte dans les jardins.

– Monsieur Schopenhauer, bredouilla-t-il, c'est en effet troublant. Vous dites que la soucoupe s'est posée dans le champ?

– Tans le champ de monsieur Radinier, barvaidement!

– Allons-y!

Le brigadier Coussinet découvrit alors avec stupeur le rond d'herbe brûlée, qui était la preuve formelle et hiérarchique qu'une soucoupe volante était passée par là.

Il commit un rapport qui fit hurler de rire toute la rédaction de *La Montagne*. L'OVNI qui n'avait emporté pour tout butin que deux vieillards effrontés et intempérants fit les délices de l'hexagone pendant quinze jours.

Le nom du brigadier Coussinet fut chansonné à Montmartre, brocardé même à Bruxelles.

C'est d'ailleurs depuis cette époque-là que, dans tout le Bourbonnais, on dit, un peu à la légère sans doute, d'un *bredignot,* qu'*al* est ben aussi *bredin* qu'un gendarme de Jaligny. Ce qui n'enlève rien à leurs collègues, mais que tout cela reste entre nous.

FIN

Angers-Paris, janvier-février 1979.

Cet ouvrage reproduit par procédé photomécanique
a été achevé d'imprimer sur presse CAMERON
dans les ateliers de la S.E.P.C.
à Saint-Amand (Cher), le 31 mars 1981
pour le compte de France Loisirs
123, boulevard de Grenelle, Paris

Dépôt légal : 2e trimestre 1981.
N° d'Édition : 5875. N° d'Impression : 442.
Imprimé en France